La fiancée du cheikh

Chère lectrice,

En ce mois de septembre, j'ai le plaisir de vous faire découvrir notre nouvelle saga, « Les héritiers du désert ». Dans ces quatre romans exceptionnels, vous retrouverez les ténébreux cheikhs de Calista qui vous ont fait vibrer dans notre série « Le royaume des Karedes ». Alors n'hésitez pas à vous plonger dans le premier tome, *La fiancée du cheikh,* de Carol Marinelli (Azur n° 3044). Ici, nous lèverons le voile sur les derniers secrets des Karedes en vous révélant le sort du prince Zafir de Calista. Alors que tous le croient disparu depuis de nombreuses années, nous le retrouverons à la tête du royaume de Qusay, non loin des îles d'Adamas. Pourra-t-il rester sur le trône alors qu'il vient de découvrir qu'il n'a jamais été le véritable héritier de cette couronne ? Un plaisir de lecture garanti !

Ne manquez pas également le début de notre nouvelle trilogie de Lynne Graham, « Scandales et Passion ». Dans cette série, vous ferez la rencontre de trois hommes richissimes qui verront leur vie bouleversée par un instant de folie… Des histoires passionnées qui ne vous laisseront pas insensible, j'en suis certaine.

Enfin, n'oubliez pas tous les autres romans que j'ai choisis pour vous ce mois-ci. Une sélection exceptionnelle pour vous aider à reprendre pied en douceur alors que l'été se termine.

Je vous souhaite un merveilleux mois de septembre et une bonne rentrée.

Très bonne lecture,

La responsable de collection

CAROL MARINELLI

La fiancée du cheikh

COLLECTION AZUR

*éditions*Harlequin

Cet ouvrage a été publié en langue anglaise
sous le titre :
WEDLOCKED : BANISHED SHEIKH, UNTOUCHED QUEEN

Traduction française de
FRANÇOISE PINTO-MAIA

HARLEQUIN®

est une marque déposée du Groupe Harlequin
et Azur ® est une marque déposée d'Harlequin S.A.

83-85, boulevard Vincent-Auriol, 75013 PARIS — Tél. : 01 42 16 63 63

Service Lectrices — Tél. : 01 45 82 47 47
www.harlequin.fr

ISBN 978-2-2802-1307-3 — ISSN 0993-4448

Prologue

Imperturbable, Layla fixait son reflet dans le miroir en pied, tandis que les jeunes servantes l'habillaient. Sa poitrine, ses jambes, ses chevilles savamment ornées de dessins au henné, disparurent bientôt sous les multiples pans du caftan tissé d'or et incrusté de pierreries. Puis sa longue chevelure noire, ses joues rehaussées de fard et ses lèvres brillantes furent dissimulées sous un voile de soie, pour ne laisser paraître que ses yeux.

Elle s'autorisa alors un signe de nervosité et battit des cils, en prenant la pleine mesure de ce qui l'attendait. Ce soir, quand on lui retirerait son voile, ce serait devant son nouveau mari. Et elle ne serait pas dans son palais, au royaume du Haydar, mais dans le désert du Qusay, parce que ce serait sa nuit de noces.

Le roi Xavian Al'Ramiz, l'homme avec qui elle était fiancée depuis l'enfance, avait enfin décidé de la prendre pour épouse.

Il l'avait fait attendre, pensa-t-elle. Et surtout, il avait fait attendre son peuple. Mais sa vie n'était-elle pas une constante expectative ?

L'aînée de sept filles — sa mère était morte à force d'essayer de mettre au monde un héritier mâle —, elle était destinée à devenir reine, même si les citoyens du Haydar, profondément traditionalistes, supportaient mal l'idée d'être gouvernés par une femme.

Anticipant cette situation, son père avait conclu un arrangement avec le roi du Qusay qui n'avait qu'un fils, Xavian. Celui-ci épouserait Layla et ce mariage apaiserait le peuple haydaran. Charge ensuite au nouveau couple de donner un héritier qui régnerait un jour sur les deux royaumes.

Mais le mariage tardant à être célébré, à la mort du roi, le Conseil des Anciens avait exigé que Layla ne soit souveraine que de nom, afin qu'ils gardent la mainmise sur les affaires du royaume. Ayant à cœur de tenir son rôle malgré tout, elle faisait valoir ses droits en refusant de signer tout document ou de corroborer toute décision qu'elle désapprouvait.

Depuis ses fiançailles précoces, elle avait gagné en maturité, et c'est en femme avisée qu'elle gouvernait son pays pendant que Xavian profitait de sa vie de prince play-boy en Europe. Il avait fallu la mort de ses parents, les souverains du Qusay, pour obliger ce don Juan à honorer sa promesse de mariage.

Mais trop de temps s'était écoulé et Layla avait décidé qu'il ne pourrait exiger d'elle obéissance et docilité. Elle n'allait pas se soumettre mollement à un homme qui ne s'intéressait ni à son royaume ni à elle-même.

Rentré d'urgence au Qusay, le prince Xavian avait dû endosser les responsabilités du pouvoir. C'était un dirigeant né et, en dépit de son chagrin et en cette difficile période de deuil national, il menait les affaires de son pays avec habileté.

Elle le savait pour l'avoir observé. Ils ne s'étaient jamais parlé, mais récemment elle s'était mise à suivre de plus près les faits et gestes du nouveau souverain du Qusay, l'homme qui était destiné à devenir son époux. Elle avait enregistré et visionné ses discours, et les avait trouvés éloquents et énergiques. Il n'était plus le prince Xavian, il était véritablement le roi.

Un roi à qui il fallait une épouse. Car ce mariage était une union de convenance, rien d'autre. Pourtant, en voyant par médias interposés la vie débridée du prince, elle avait ressenti plus de jalousie que de colère. Parce que Xavian jouissait de sa liberté et s'offrait toutes les folies, pendant qu'elle attendait qu'il daigne l'épouser.

Elle avait vingt-six ans à présent et, enfin, son tour était venu. Ce soir, mariage arrangé ou non, et même s'ils devaient ensuite mener des vies séparées le plus souvent, il l'emmènerait dans le désert du Qusay.

Elle s'empourpra sous son voile à l'idée que, ce soir, le roi Xavian Al'Ramiz allait devenir son amant. Le premier et le seul.

Etrangement peut-être, elle aurait préféré qu'il fût un peu moins séduisant, que ce visage, qu'elle avait vu à la télévision, dans la presse et sur internet, n'eût pas cette beauté ténébreuse et fière. Combien de fois avait-elle scruté ses traits, mettant sur pause les enregistrements, et retenant son souffle, tandis que ses yeux noirs fascinants semblaient la fixer ! Ils étaient d'une réelle noblesse, depuis l'arête de son nez aquilin jusqu'à ses pommettes ciselées, et ses cheveux noirs et épais étaient parfaitement coupés.

Au-delà de ce physique aristocratique, Xavian dégageait une aura d'assurance et une présence extraordinaire. Elle avait pu le constater d'elle-même quand ils s'étaient trouvés conviés aux mêmes cérémonies. Dissimulée sous son voile, elle avait observé son futur mari, espérant que ses yeux noirs chercheraient à la repérer ou qu'il lui adresserait un sourire, un signe bref — n'importe quoi qui eût indiqué quelque curiosité à l'égard de sa future épouse.

Mais il n'avait rien manifesté. Absolument rien. Il s'était tenu auprès d'elle lors du couronnement de la reine Stefania du royaume d'Aristos l'année précédente, et il l'avait totalement ignorée.

Elle sentait encore la honte qui l'avait assaillie ce jour-là. L'indifférence, le dédain évident qu'il avait affichés à quelques mois de leur union l'humiliaient encore douloureusement.

— Votre Altesse…

Elle ferma les yeux avec impatience. Imran, l'un de ses nombreux conseillers, entrait pour lui communiquer des détails de dernière minute et demander des instructions de sa voix nasillarde, parce qu'elle allait s'absenter durant une semaine et délaisser ses obligations officielles.

— Nous avons besoin d'une signature pour le projet d'amendement sur la mine de saphirs…

Bon sang ! Cela ne pouvait pas attendre ? C'était le jour de ses noces !

Mais le devoir passait avant tout et, en tant que reine, ses obligations étaient innombrables. Une escorte l'avait accompagnée au Qusay pour la cérémonie. Des conseillers, des femmes de chambre et sa première dame de compagnie, Baja.

Ses conseillers, Imram en tête, et les sages du royaume maudissaient le jour où elle avait fait entendre sa voix, en refusant de les laisser gouverner à leur façon. Depuis, et à leur grand déplaisir, elle continuait de s'affirmer, mais elle devait leur rappeler que toutes les décisions lui appartenaient en dernier lieu.

C'était lassant, éreintant en fait, de maintenir cette vigilance continuelle, sachant que cette équipe chargée soi-disant de l'épauler n'était qu'à l'affût de la moindre faiblesse de sa part, d'un instant d'inattention pour lui faire signer quelque document, en espérant que la minuscule clause qu'il contenait échapperait à son regard. Ils voulaient que le royaume demeure sclérosé et dans l'immobilisme, au lieu de profiter des nombreuses opportunités nouvelles qui s'offraient à la société haydarane.

— Tout ceci peut attendre ! s'exclama-t-elle en arrêtant Imran d'un regard sévère. Je ne signerai rien aujourd'hui. Il faudra patienter jusqu'à mon retour.

Les lèvres crispées, le conseiller poursuivit :

— Le forage est sur le point de commencer…

— Il ne débutera qu'à mon retour ! coupa-t-elle. Quand j'aurai vu l'amendement et seulement si je l'approuve.

Pourtant, en dépit de la dureté de ses paroles, elle sentit les larmes voiler ses yeux soigneusement maquillés de khôl. Des larmes qu'Imran ne devait remarquer à aucun prix. Se tournant vers la haute fenêtre, elle contempla la mer.

C'était le jour de ses noces ! N'avait-elle pas le droit d'être une femme comme les autres pour un jour et une nuit !

Apparemment non !

— Nous devons aussi discuter de la visite du roi Xavian au Haydar…, déclara Imran, implacable.

— Il n'y aura pas de discussion tant que nous ne serons pas mariés, assena-t-elle en gardant le dos tourné. Maintenant, si vous voulez bien me laisser pour que je me concentre sur la cérémonie de mon mariage… Bientôt, j'accorderai toute mon attention aux affaires du Haydar.

Pour autant, il ne faisait pas mine de partir et elle savait bien ce que cette conduite signifiait.

— Je tiens à répéter une chose, lança-t-elle par-dessus son épaule. Rien, absolument *rien*, ne se décidera en mon absence.

— Bien sûr, répondit Imran d'un ton obséquieux. Mais s'il s'agit d'affaires urgentes, vous laisserez bien entendu à votre comité de sages le soin de…

— Imran !

Les yeux secs et le regard inflexible cette fois, elle fit face à son conseiller.

— J'emporte mon ordinateur, annonça-t-elle d'une voix ferme. Et si pour quelque raison je ne peux être contactée par ce biais, vous prendrez un hélicoptère pour venir me consulter dans le désert !

— Je pensais que vous préféreriez ne pas être dérangée, risqua-t-il.

— Imran, ne vous risquez pas à deviner mes pensées.

— Naturellement, Votre Altesse.

Il partit enfin.

— Respirez calmement, Layla, murmura Baja.

Baja, chère Baja, qui restait silencieuse lors des entretiens, mais qui entendait tout. Baja, la seule personne qui comprenait vraiment le fardeau qui pesait au quotidien sur ses épaules et qui voyait aussi les larmes qu'elle versait certaines nuits.

— Il profitera de mon absence pour tenter quelque chose…, dit Layla, sans pouvoir se départir de la tension qui l'accablait.

— Il serait parfaitement stupide d'agir ainsi, répondit Baja. Vos ordres étaient clairs.

— Mais il ne cesse de détourner mes paroles !

— Alors, écrivez-les.

Layla était toujours reconnaissante de la sagesse et de la patience de sa première dame de compagnie.

— C'est ce que je vais faire, répondit-elle.

— Mais d'abord, préparez-vous à vous marier, lui rappela Baja.

Layla fut conduite à travers le palais royal du Qusay, dont les multiples corridors étaient ornés de portraits d'ancêtres. Le regard braqué sur les lourdes portes qu'on ouvrait devant elle, elle entendait ses pas résonner sur les sols de marbre et le doux bruissement de son luxueux caftan. Elle préférait se concentrer sur ce genre de détails car elle était terrorisée à l'idée que, dans un instant maintenant, elle se tiendrait près de *lui*.

Dès qu'elle fit un pas au-dehors, la chaleur accablante du désert la saisit à la gorge. On la guida le long d'un sentier de gravier blanc, à travers des jardins parfaitement entretenus — une véritable oasis, avec des fontaines et des oiseaux de paradis nichés dans les arbres.

Arrivée enfin au lieu où devait se tenir la cérémonie, elle attendit le futur marié.

Peu de monde assisterait au mariage. Dans une semaine, le couple serait présenté officiellement aux dignitaires et aux dirigeants des royaumes voisins au cours d'une grande réception. Mais, pour la célébration, seul le juge qusani officierait, avec des sages de leurs deux pays comme témoins.

Layla alla se placer dans l'ombre assez fraîche d'un oranger. Elle respira les parfums des jardins, écouta le bruit apaisant des fontaines… et attendit.

Il l'avait fait attendre dix ans. Alors, dix minutes, ce n'était rien en comparaison, n'est-ce pas ?

Ni même vingt.

On lui apporta une chaise, mais elle refusa de s'asseoir. Elle bouillait de honte. Cet homme pouvait-il exprimer plus clairement le peu de cas qu'il faisait d'elle ? Il lui infligeait la pire humiliation de sa vie !

Elle mourait d'envie de partir, de tourner le dos à la tradition, de commander une voiture et d'envoyer son mari au diable !

— Le roi sera bientôt là.

Layla enfonça ses talons dans le gravier pour mieux s'enjoindre de ne pas bouger et pinça les lèvres de crainte de dire quelques paroles que leurs deux peuples déploreraient ensuite.

— Votre Altesse devrait peut-être s'asseoir…

De nouveau, on lui désigna la chaise. Le plus ancien

des sages s'était assis et s'éventait. Peut-être finirait-on par apporter des rafraîchissements, pensa-t-elle, irritée. Ou alors, on cueillerait des oranges dans les arbres ! Et ces messieurs se mettraient à délibérer sur ce qu'il convenait de faire quand un roi refusait de paraître à son propre mariage. Car c'était certainement une première !

Rester debout, supporter la honte et attendre encore et toujours… C'était l'enfer du devoir.

Layla accepterait cette union au nom de son peuple. Mais tandis qu'elle se tenait là, pâle et au bord de l'évanouissement, elle se jura que le roi lui paierait ça !

S'il pensait pouvoir la traiter de façon si minable, s'il pensait qu'elle le suivrait et se conformerait sans rien dire à ses ordres, il se trompait lourdement !

Le cheikh Xavian Al'Ramiz aurait dû s'informer à son sujet. Il aurait su alors que, derrière ses voiles, il y avait une femme énergique et fière. Une reine puissante. Trop puissante, selon les dignitaires du royaume.

Ce soir, elle lui dirait ouvertement sa façon de penser. Il n'imaginait certainement pas ce qui l'attendait, pensa-t-elle en esquissant un sourire de satisfaction. Bientôt, cependant, son sourire s'évanouit tandis que l'attente s'éternisait…

1.

Le cheikh Xavian Al'Ramiz relut la lettre. Elle émanait du roi Zakari du royaume de Calista. Celui-ci lui présentait ses compliments à l'occasion de son mariage et disait son impatience de venir le saluer la semaine suivante, lors de la réception officielle.

Cette lettre était la troisième que le souverain lui adressait. Dans la première, il lui avait offert ses condoléances à l'annonce du décès de ses parents et l'avait invité à séjourner au palais calistéen. Xavian n'avait pas pris la peine de répondre et l'avait brûlée.

La seconde le remerciait du cadeau offert par le peuple du Qusay pour la naissance du petit prince Zafir. Xavian avait conservé la missive pendant quelques jours et l'avait relue maintes fois avant de la jeter finalement au feu.

Et maintenant celle-ci… Elle ne contenait rien d'étrange, se répéta-t-il en la parcourant pour la centième fois au moins. Ce n'était qu'un message de félicitations comme les centaines d'autres qu'il avait déjà reçus. Pourtant, il s'obstinait à vouloir lire entre les lignes, sans savoir ce qu'il espérait découvrir.

Sa future épouse l'attendait et il était déjà horriblement en retard. Il n'en continua pas moins à fixer la feuille de papier.

Elle était signée du roi Zakari de Calista et de la reine

Stefania d'Aristos, dont le mariage avait réunifié le royaume d'Adamas. Dans ce cas, pourquoi cette missive portait-elle l'emblème de Calista ? Logiquement, Zakari aurait dû l'écrire sur du papier officiel marqué aux armoiries d'Adamas.

Il effleura du doigt le dessin, sans parvenir à comprendre pourquoi celui-ci le troublait autant.

Troublé, il l'était depuis l'intronisation de la reine Stefania, depuis le moment précis où elle l'avait regardé avec une sorte d'effroi.

Non, rectifia-t-il, pas de l'effroi. Elle avait été au bord de l'évanouissement, et il l'avait donc lui-même soutenue jusqu'à ce que son mari, s'apercevant de son malaise, la conduise à l'écart. Elle était enceinte, ce qui aurait dû tout expliquer.

Mais ce n'était pas le cas. Parce que la confusion dans son esprit avait commencé *avant* ce face-à-face avec Stefania, analysa-t-il. Dès que le roi Zakari était apparu, en fait, son cœur s'était accéléré. C'était les mêmes pulsations folles qui, depuis, le réveillaient la nuit. Celles qu'il ressentait encore en cet instant. Même s'il n'était pas prêt à l'admettre, ces signes ressemblaient étrangement à de la peur.

— Tout est prêt, Votre Excellence. Votre future épouse attend.

Xavian ne releva pas la tête à l'entrée d'Akmal, son vizir.

— Tout à l'heure, dit-il, laconique.

Akmal soupira. C'était la deuxième fois qu'il entrait dans la suite royale pour s'assurer qu'il n'était rien arrivé de fâcheux, et il trouvait le futur marié à la même place, devant les portes-fenêtres, la lettre toujours à la main, et fixant la mer d'un air de profonde mélancolie.

— Votre Altesse, puis-je vous suggérer… ?

— Tu n'as pas entendu ce que j'ai dit ?

Xavian s'était détourné. Il fusilla son secrétaire d'un regard sombre et glacial, pour lui rappeler à qui il s'adressait.

Akmal se tint coi. Car le cheikh Xavian Al'Ramiz était intimidant. Il avait revêtu l'uniforme d'apparat en drap vert, de hautes bottes de cuir noir, et le keffieh à cordon doré. Son torse s'ornait de médailles et il portait le sabre au côté. Mais ce n'était pas cette tenue qui le faisait craindre. Non, le roi en imposait d'abord par sa haute taille, sa carrure athlétique et son regard de jais. Il n'avait besoin d'aucun artifice pour commander le respect.

— Elle attendra jusqu'à ce que je sois prêt, décréta-t-il.

— Bien, Excellence.

Akmal s'inclina avant de se retirer. Resté seul, Xavian s'absorba de nouveau dans la contemplation des vagues.

Elle patienterait, se dit-il. Après tout, elle attendait ce jour depuis dix ans. Il aurait dû l'épouser beaucoup plus tôt, mais il avait choisi de profiter d'abord de sa liberté.

Seulement, sa vie de plaisir dans les capitales européennes était révolue. Il était roi. Et les rois se mariaient pour donner des héritiers à la couronne.

Il passa sur le balcon. A la place de la mer, c'était le désert qu'il aurait voulu contempler, regretta-t-il. Le désert, seul endroit où il trouvait la paix intérieure… Ce soir, il y emmènerait sa nouvelle épouse.

Une immense lassitude l'assaillit à cette pensée. Depuis que ses parents, souverains du Qusay, avaient trouvé la mort dans un accident d'avion, les conseillers du royaume n'avaient pas ménagé leur peine et, après trois mois de deuil, le mariage qu'il avait jusque-là repoussé pouvait enfin avoir lieu. Sans faste, étant donné les circonstances… Le lendemain, on informerait le peuple que le roi s'était marié et qu'il se retirait dans le désert avant la réception officielle. Puis, à la fin du deuil réglementaire, le couronnement aurait lieu et le peuple pourrait enfin fêter dans la liesse l'avènement de ses nouveaux souverains. Et un autre événement peut-être ? Car les sages de la cour avaient été clairs : au bout de neuf mois de mariage, il serait bon que la reine donne naissance à un héritier.

Ce mariage n'était qu'un arrangement politique. L'instabilité régnait au Haydar depuis que ce pays était dirigé par une femme et on espérait que la présence marquante — même si elle n'était qu'épisodique — de Xavian aiderait à maintenir l'ordre.

Bien entendu, en dehors de ces apparitions, il prendrait une maîtresse, peut-être même plusieurs. Il n'avait pas l'intention de dormir seul.

Mais encore une fois, le malaise qu'il ressentait à présent n'était pas dû à l'imminence de ses noces. Il était apparu bien avant l'annonce du mariage, avant même le décès de ses parents. C'était un trouble qu'il ne pouvait définir et qu'il refusait de sonder.

Quelquefois, comme en ce moment, une simple lettre le rendait fou, il passait ensuite des heures à la relire en quête d'indices qui n'existaient certainement pas. D'autres fois, la nuit, il se réveillait le cœur battant à tout rompre, et il s'écartait de la jeune beauté qui partageait son lit. Il se levait et se rhabillait, ou encore renvoyait la belle dans les quartiers réservés aux maîtresses, de crainte qu'elle ne le voie dans cet état.

De nouveau, ces maudites palpitations… Sa respiration se bloqua dans sa gorge et il scruta la mer d'un regard dangereusement fixe. Un vertige le saisit, lui donnant l'impression d'être ballotté par les flots. La sueur perla à son front. En même temps, les larges cicatrices qui striaient ses poignets devinrent douloureuses. Il examina l'horizon en quête d'une réponse. Puis d'un geste brutal, il s'arracha à cette contemplation et respira profondément pour faire cesser cette folie.

Il tâcha de se rassurer en pensant au désert qui, ce soir, l'accueillerait. Il emmènerait sa jeune épouse là-bas, consommerait leur mariage et, dès le lendemain, il irait se réfugier au cœur de ces terres arides pour y trouver la paix de l'âme.

Réconforté par cette perspective, il revint vers la chambre et, avisant un haut candélabre, il présenta la lettre à la flamme d'une bougie. L'élégant papier armorié prit feu, se tordit. Alors, d'un geste impérieux, il le jeta dans la cheminée, comme les précédents.

Ce rituel achevé, il décida de gagner le lieu de la cérémonie.

Comme il ouvrait la porte de ses appartements, Akmal, manifestement appuyé de l'autre côté du battant, faillit tomber à ses pieds. Xavian lui jeta un regard noir avant de traverser le palais d'une démarche assurée. Il emprunta la galerie où s'alignaient les portraits de ses ancêtres avant de déboucher enfin dans les jardins.

Les anciens qui présideraient la célébration se levèrent à son approche. La mariée était debout, mais ne daigna pas se tourner vers lui. Il ne voyait d'elle que son long caftan doré et le voile qui couvrait ses cheveux.

Il ne s'était attendu ni à cette tenue, ni à un tel accueil. Il est vrai que les coutumes du Haydar étaient très rigides, concéda-t-il en soupirant. Les femmes portaient des vêtements très enveloppants jusqu'au mariage. Celle-ci semblait obèse sous les superpositions d'étoffes qui la couvraient.

C'était bien sa veine ! Une épouse grasse et inexpérimentée sexuellement ! Le destin lui réservait-il beaucoup d'autres obligations pénibles ?

Le juge prit la parole et demanda à Layla si elle serait

une épouse loyale, si elle servirait les intérêts de son mari, si elle lui donnerait des enfants.

Elle acquiesça à toutes les questions d'une voix douce.

Xavian la vit battre des cils, mais elle s'obstinait à ne pas regarder dans sa direction. Charmant !

Bientôt, ce fut son tour de répondre. Promettait-il d'assurer à son épouse protection et sécurité, et de subvenir à ses besoins ?

— Oui.

C'était sans doute le signal qu'elle attendait, car à cet instant elle se tourna vers lui. Ses yeux, d'un violet profond, rencontrèrent les siens, puis presque aussitôt, elle abaissa ses longs cils. Xavian se sentit quelque peu apaisé. Elle avait au moins de jolis yeux. Il pourrait toujours lui demander de les garder ouverts ce soir !

En quelques minutes, tout fut terminé. Leurs regards ne s'étaient croisés qu'une seconde, mais c'était cette image que le photographe officiel avait immortalisée. La photo paraîtrait dès le lendemain dans la presse du monde entier avec cette légende : le cheikh Xavian Al'Ramiz du Qusay, et son épouse, la reine Layla du Haydar.

L'union tant attendue étant maintenant officielle, il s'adressa à son épouse :

— Nous partirons dans le désert dans une heure. J'espère que mon personnel vous sert comme il se doit ?

Les yeux baissés, elle acquiesça d'un bref signe de tête.

— Avez-vous besoin de quelque chose ? s'enquit-il.

Il essayait d'entamer la conversation, pour la mettre à l'aise au moins, mais tout ce qu'il recevait en récompense de ses efforts, c'était des mouvements de tête. Elle refusait de lui faire entrevoir de nouveau l'éclat violet de ses beaux yeux et il laissa échapper un soupir d'irritation.

— Je vous reverrai au moment du départ.

Sur quoi, il retourna à grands pas vers sa suite en songeant que la nuit à venir promettait d'être terriblement ennuyeuse.

2.

— Je ne passerai pas un mois là-bas. C'est hors de question !

Xavian adressait ces paroles, accompagnées d'un regard sévère, à Akmal, pendant qu'un valet de chambre l'aidait à enfiler un caftan.

— Je n'ai consenti qu'à un séjour d'une semaine au Haydar, décréta-t-il.

— Je le sais, sire. Je ne fais que vous rapporter les propos de la reine. Elle vérifiait le communiqué qui sera donné à la presse et elle a demandé…

— Qu'est-ce que tu dis ? Pourquoi veux-tu l'ennuyer avec ces détails ?

Stupéfait, il s'était détourné du miroir.

— C'est elle qui a voulu le lire, répondit Akmal, de plus en plus embarrassé. Elle désire aussi que vous restiez en visite dans son pays pendant un mois. Les citoyens haydarans veulent s'assurer que vous vous préoccupez aussi de leur sort. Cette union est très importante pour eux, sire…

Mais Xavian ne voulut rien entendre. Le programme officiel auquel il avait consenti était le suivant : une lune de miel d'une semaine dans le désert, la réception officielle, puis une semaine au Haydar pour apaiser le peuple. Il saluerait solennellement ses nouveaux sujets, signerait les documents indispensables. Plus tard, en dehors de quelques apparitions nécessaires et une nuit occasionnelle avec son épouse durant ses périodes de fécondité, ils rempliraient leurs rôles de souverains chacun de leur côté.

Sauf que le Haydar connaissait une instabilité politique et la femme réservée et silencieuse qu'il venait d'épouser avait certainement du mal à se faire respecter.

Lui, à l'inverse, savait se montrer ferme. Même s'il subissait la pression des sages du royaume et qu'il devait faire face à la résistance d'Akmal, il assumait pleinement ses fonctions de dirigeant fort. Il ne doutait jamais de lui-même, s'isolait dans le désert parfois pour prendre du recul et entendait qu'on respecte ses décisions.

La tâche était certainement plus difficile pour une femme, reconnut-il.

— Deux semaines, concéda-t-il. Dis-lui que je suis disposé à rester deux semaines au Haydar.

— Je pense qu'un séjour d'un mois serait plus sage…

Au son de la voix douce qui emplit soudain la pièce, le valet de chambre et Akmal se figèrent de stupeur. Layla était entrée, sans avoir été annoncée ni invitée, dans les appartements du cheikh !

— Vous n'êtes pas autorisée à pénétrer ici…

Déjà, Akmal traversait la pièce au pas de course, pour la congédier, mais quelque chose dans le regard violet de la jeune femme voilée l'arrêta. Elle reprit la parole, mais en durcissant le ton.

— Je vous prie de m'appeler « Votre Altesse ».

Akmal s'inclina, visiblement indécis. Devait-il respecter le protocole ? Assurer la sécurité de son souverain ? Pourtant, le cheikh Xavian ne paraissait pas offusqué le moins du monde par cette intrusion. Il semblait même trouver la situation amusante, comme en témoignait le léger sourire qui flottait sur ses lèvres.

— Votre Altesse, déclara Akmal à l'adresse de Layla, j'allais justement venir vous informer de la décision du roi.

— Quel dommage que des époux ne puissent se parler que par le truchement de leurs conseillers ! répondit-elle en fixant Xavian cette fois. Voulez-vous dire au roi que la reine n'acceptera malheureusement aucun compromis ? Les citoyens du Haydar tiennent à ce que leur nouveau roi se soucie d'eux et une brève visite ne les apaisera pas.

Akmal se tourna vers Xavian et commença à rapporter consciencieusement ces paroles.

— Votre Excellence, la reine a…

— Silence ! coupa Xavian. Laisse-nous.

Comme Akmal et le valet disparaissaient, Xavian s'approcha de sa nouvelle épouse. Il ne voyait que ses yeux et, cette fois, elle ne baissa pas les paupières.

— J'ai réfléchi à votre… demande, déclara-t-il calmement. Comme je prends mes nouveaux devoirs au sérieux…

— Tellement au sérieux que vous n'avez pas daigné arriver à l'heure à votre mariage ? l'interrompit-elle.

Comment osait-elle lui demander des comptes et se plaindre ? Elle devait être fière au contraire que le roi du Qusay soit son époux. Or, elle l'accueillait avec des exigences et des reproches. Inouï !

— J'avais des raisons d'être en retard.

Il n'avait pas à se justifier. Les décisions du roi, sa parole, sa présence étaient incontestables. Elle ne pensait tout de même pas qu'il allait discuter avec elle du bien-fondé de ses raisons ?

Pourtant, c'était ce qu'elle semblait attendre.

Un sourire froid barra ses traits devant cette audace. Comment réagirait-elle s'il lui avouait qu'il était sûr de devenir fou, que les cicatrices de ses poignets le brûlaient parfois si atrocement qu'il avait l'impression qu'on l'écorchait vif, et qu'à d'autres moments, il distinguait dans le silence un rire d'enfant ? Il imaginait trop bien son effroi s'il lui disait en plus qu'il pensait être cet enfant-là !

— Vous m'avez fait languir près d'une heure ! lui rappela-t-elle. Sans me donner la moindre explication. Cette cérémonie était l'un de vos devoirs et vous vous en êtes acquitté de façon lamentable !

— Taisez-vous !

Il leva les mains en un geste d'intimidation, mais il savait que la colère qui montait en lui était dirigée contre lui-même. Parce qu'il avait rempli son rôle « de façon lamentable » justement. Il osait se l'avouer, parce qu'il jugeait nécessaire de reconnaître ses torts pour être un bon chef d'Etat.

— Ce n'était pas à cause de vous, dit-il en baissant les mains.

Voyant les yeux violets se plisser en signe d'incompréhension, il poursuivit :

— Il n'était pas dans mon intention de vous causer un affront, ni de me dérober à mon devoir, ni de me moquer de ce mariage…

Il avait du mal à croire qu'il prononçait ces mots. C'était la première fois qu'il s'expliquait, du moins en partie.

— Une lettre est arrivée. J'aurais dû l'ouvrir plus tard. Je savais qu'elle risquait de distraire mon attention. C'est ce qui s'est passé.

Après une brève hésitation, Layla opina poliment.

— Je comprends, votre chagrin est lourd. Mes parents m'ont aussi beaucoup manqué aujourd'hui. Mais votre deuil est plus récent. J'accepte donc vos excuses.

— S'il plaît aux Haydarans de voir leur nouveau roi résider plus longtemps parmi eux, je vous promets de rester le temps que vous demandez. Bien entendu, les Qusanis réclament aussi l'attention de leur reine. Je suggère donc qu'à notre retour du désert, au lieu de partir directement au

Haydar après la réception officielle, nous passions d'abord une semaine ici.

Bon sang ! Que faisait-il ? S'il parlait avec le plus grand calme, son esprit, en revanche, fonctionnait à toute vitesse. Il s'engageait pour… *six semaines* ! Une dans le désert, une ici au Qusay, plus un mois au Haydar ! Six semaines, alors qu'il n'avait prévu que d'en passer deux, en compagnie d'une femme qui avait l'audace de le défier !

— Je serais très honorée de connaître le peuple du Qusay, acquiesça Layla.

— Parfait, répondit-il d'un ton sec.

Comme elle continuait de le fixer, il eut soudain envie de soulever son voile, pour la regarder, elle qui partagerait son lit pendant ces six semaines. Bien entendu, il n'en fit rien et alla ouvrir la porte de sa suite. Une fois de plus, Akmal faillit tomber à l'intérieur.

— Je suppose que tu as tout entendu ? lui demanda Xavian. Nous resterons quelques jours au Qusay après la réception, puis la reine et moi, nous nous rendrons au Haydar pour un mois. Tu peux livrer cette information à la presse, en même temps que la photo du mariage.

Layla s'adressa à son tour à Akmal.

— Vous m'apporterez le nouveau communiqué pour que je l'approuve.

Puis se tournant brièvement vers Xavian qui s'était raidi :

— Je tiens à vérifier personnellement toutes les annonces faites à la presse. Je suis sûre que vous faites de même.

Xavian fulminait toujours quand l'hélicoptère qui les emportait s'éleva au-dessus du palais. Comment osait-elle s'introduire chez lui et poser ses conditions ? Comment osait-elle lui dire ce qu'il convenait de faire ? A qui croyait-elle parler ?

Il était le roi du Qusay, un pays riche et prospère, producteur de pétrole et d'émeraudes rares. Un royaume progressiste, dont le peuple jouissait d'un niveau de vie aisé, parce qu'il avait à sa tête un chef puissant. C'était le Haydar qui avait besoin de lui pour l'aider à sortir d'une ère primitive ! C'était Layla qui devait réclamer son aide pour calmer l'agitation qui régnait dans son pays !

En même temps, il était irrité contre lui-même, parce qu'il s'était abaissé à s'expliquer et qu'il s'était engagé envers elle. Il n'avait pas voulu d'une épouse aussi audacieuse et il lui aurait volontiers rappelé de rester à sa place.

La vue des dunes de sable doré ne fit rien pour arranger son humeur. Au moment de l'atterrissage, il eut néanmoins un geste galant et prit la main de sa femme. Il fut agréablement surpris par ses doigts fins, sa peau douce et claire. Pour la première fois, il fut réellement impatient de lui ôter son voile, pour découvrir enfin le physique de cette épouse dont il était maintenant affublé.

— On nous a préparé une fête, l'informa-t-il en se penchant vers elle.

Il vit qu'elle fermait brièvement les yeux. Ce signe de nervosité, le premier qu'elle manifestait, le fit sourire et il ajouta d'un ton léger :

— Et après le dîner, un autre festin nous attend…

Des serviteurs vinrent les accueillir et on déroula un long tapis rouge jusqu'à la résidence du désert du cheikh, où les servantes de Layla attendaient leur arrivée.

A l'entrée de son palais de toile, Xavian remarqua les babouches de femme ornées de pierreries disposées près des siennes. Ce détail, entre autres, donnait une atmosphère étrange à ce lieu auquel il était pourtant habitué. Jusque-là, il était venu seul dans le désert — même si occasionnellement il y conviait une maîtresse — et il n'était pas sûr de vouloir partager sa retraite favorite.

L'air était chargé de vapeurs d'encens, des pétales jonchaient les riches tapis persans qui couvraient le sol sableux. A leur passage, on écarta une lourde tenture de soie et ils pénétrèrent dans le grand salon. Cet espace était orné de belles draperies et meublé de divans garnis de coussins précieux et de plaids ; il y avait aussi de belles sculptures ornementales, des instruments de musique et une multitude de miroirs à l'ancienne où la lueur des bougies et des lampes à huile se reflétait, démultipliée à l'infini. Une table basse était dressée avec des assiettes et des gobelets en or massif et offrait des mets raffinés. Un musicien, choisi parmi les plus talentueux du royaume, pinçait doucement les cordes d'un *qanoon*, la traditionnelle cithare orientale.

Tout était absolument parfait, observa Xavian avec satisfaction. Alors, pourquoi se taisait-elle ? Etait-elle subjuguée par cette magnificence ? Etait-elle gênée, parce que son royaume ne pouvait offrir le même luxe ? A moins, se dit-il en voyant Baja approcher, qu'elle ne fût nerveuse, car le moment était venu de se découvrir devant son époux ?

Elle se tenait très droite et sa tension était perceptible, quand Baja l'aida à ôter les multiples étoffes dorées qui la couvraient. Au fur et à mesure qu'on la débarrassait de ses précieux atours, Xavian retint son souffle, se rendant compte qu'il avait mal jugé la silhouette qui lentement se révélait à lui. Oh ! Certes, elle avait des courbes, mais juste là où il fallait, et elles étaient voluptueuses et féminines à souhait, constata-t-il, charmé.

Il marcha vers elle en la couvant d'un regard admiratif. La nuit de noces ne serait pas une épreuve si pénible après tout. Elle portait une robe brodée d'or et incrustée de pierreries, qui s'arrêtait au genou et moulait son corps de façon exquise. Sa peau était claire et nacrée, et ses chevilles fines étaient ornées d'arabesques au henné qui remontaient vers des mollets joliment galbés. Des dessins destinés à le séduire…

Mais il n'eut pas le loisir d'admirer plus longtemps ses jolies jambes, car Baja ôtait le voile de mousseline de soie qui couvrait les cheveux et le visage de Layla.

Le choc le figea. Seigneur ! Elle était incroyablement belle ! Bien plus qu'il n'aurait osé l'espérer. Sa longue chevelure noire, bouclée, tombait en cascades sur ses épaules diaphanes et jusqu'au milieu de son dos. Ses pommettes étaient légèrement fardées et ses lèvres délicieusement pleines étaient parcourues d'un léger tremblement de nervosité. Elle était si charmante, si fragile et si féminine, qu'il se demanda s'il n'avait pas mal interprété les paroles dures qu'elle avait eues plus tôt. Car seule la douceur pouvait franchir ces lèvres-là.

Comme il lui tendait une main pour la guider vers la table, elle hésita.

— J'aimerais d'abord visiter les lieux.

— Bien sûr, acquiesça-t-il aimablement.

Elle était confuse finalement, conclut-il. Et pas seulement à l'idée de dîner en tête à tête avec lui. La perspective de ce qui suivrait devait l'intimider.

— Je vais vous montrer le chemin…

Mais Layla le devança en ouvrant la marche à travers la suite. En dépit de la beauté qu'il lui reconnaissait, il sentit croître son irritation, car elle inspectait tout et posait une foule de questions.

Ses beaux yeux violets se plissèrent soudain et elle se tourna vers Baja.

— Où est mon ordinateur ?

Comme la vieille femme s'excusait de l'avoir oublié, Xavian intervint :

— C'est notre lune de miel. Vous n'avez tout de même pas prévu de travailler ?

— Oh !…

Il fixa, comme fasciné, la bouche qui formait cette exclamation : des lèvres pulpeuses qu'il aurait préférées silencieuses, qu'il voulait nourrir lui-même avec les fruits de sa table avant de les embrasser passionnément. Seulement, cette bouche avait encore décidé de le défier.

— Sommes-nous supposés passer une semaine entière à nous connaître ? J'ai cru comprendre que vous vouliez avoir du temps libre pour vous retirer dans le désert.

— Je passerai effectivement mes journées dans le désert, confirma-t-il sèchement. Pour méditer et trouver la paix intérieure.

— Suis-je obligée de vous accompagner ?

— Non ! Ce sont des moments de solitude auxquels je tiens.

— Je vois.

Soulagée, elle se tourna vers Baja.

— Dans ce cas, je veux mon ordinateur.

— Mais l'hélicoptère est déjà parti, Votre Altesse, annonça un serviteur.

— Donnez l'ordre qu'il revienne immédiatement ici avec mon ordinateur, dit-elle avec un sourire destiné à Xavian. Je ne vais pas me prélasser ici des journées entières pendant que mon mari réfléchit au milieu des sables. J'ai aussi un royaume à gouverner.

Elle était consciente de jouer à la reine capricieuse et distante, mais elle préférait tenir ce rôle plutôt que de trahir ses véritables sentiments. Car ce qu'elle ressentait allait bien au-delà de la simple nervosité. Elle était littéralement terrifiée !

Depuis le début de cette journée, elle était comme sur des charbons ardents. Parce que Xavian avait été en retard pour commencer, et qu'elle s'était sentie humiliée au dernier degré. Puis à la seconde où son fiancé rétif était apparu, son cœur s'était emballé. Oh ! Bien sûr, elle savait qu'il était séduisant et qu'il traînait avec lui une sulfureuse réputation de don Juan, mais…

Il était arrivé, fendant l'air tel un magnifique chevalier, pour se camper auprès d'elle, et l'atmosphère avait définitivement changé. Son parfum viril aux essences musquées, sa taille imposante, sa formidable présence !…

Après qu'ils avaient été déclarés mari et femme, une incontrôlable nervosité l'avait envahie, comme toute jeune mariée à la perspective de perdre sa virginité dans les bras d'un homme qui passait pour être un amant époustouflant.

Or, cette heure avait presque sonné.

Poursuivant la visite, elle pénétra dans la chambre à coucher, la gorge serrée. A la vue du lit immense, elle détourna les yeux et souleva une autre tenture, découvrant la salle de bains où on la préparerait pour la nuit de noces.

— Voulez-vous voir les jardins maintenant ?

Cette plaisanterie lui arracha un sourire involontaire.

— Oh ! J'ai déjà admiré votre magnifique sable quand nous allions atterrir, répondit-elle sur le même ton. Je suppose que vos jardiniers passent beaucoup de temps à ratisser le terrain.

— Des heures !

Layla réprima à temps une forte envie de rire. Ce n'était pas le moment de baisser la garde. Elle devait s'imposer au contraire. Même s'il était l'homme le plus beau qu'elle eût jamais vu, même si elle était sur le point de lui appartenir physiquement, et même si elle avait envie de fuir devant son intimidante carrure, il importait qu'elle fût maîtresse d'elle-même.

Elle avait beau passer pour une reine de pacotille aux yeux de son peuple, si Xavian pensait qu'elle lui obéirait en tout docilement, il allait vite déchanter !

— Allons dîner maintenant, proposa-t-il. Un festin nous attend.

Ils s'agenouillèrent devant la table basse et un serviteur vint remplir leurs timbales en or. Layla savait par les enseignements de Baja ce qu'ils allaient boire : un nectar composé du miel le plus rare, d'amandes et de pignons destinés à favoriser l'excitation sexuelle, et additionné de graines de coquelicots moulues, censées combattre son inhibition. Cette potion leur serait servie chaque soir pendant leur lune de miel dans le désert.

Elle but dans le gobelet que Xavian lui portait aux lèvres. Le liquide sucré apaisa un peu sa gorge sèche. Quelques gouttes glissèrent le long de son menton qu'elle essuya du bout des doigts. Comme la tradition préconisait de boire cet élixir jusqu'à la dernière goutte, elle se lécha les doigts et s'aperçut qu'elle tremblait. C'était son tour de faire boire Xavian. Seulement, elle hésitait à lui faire avaler la potion, à nourrir son ardeur sexuelle.

Il lui semblait déjà si viril !

Plus tard, pensa-t-elle pour se rassurer, elle se réjouirait que le mari qu'on lui avait choisi, celui qui serait son unique amant et engendrerait leurs héritiers, fût si bel homme. Il lui suffisait de passer le cap de la nuit de noces — voir un homme nu pour la première fois de sa vie, accomplir le devoir conjugal…

Assis dans un coin de la tente, le musicien continuait de jouer du *qanoon* avec virtuosité. La musique emplissait l'air et intensifiait cruellement sa tension nerveuse.

Lentement, elle leva la timbale au bord des lèvres de Xavian et le fit boire. Dire que dans peu de temps ces lèvres se poseraient sur les siennes, et son corps presserait le sien… Oh, mon Dieu !

Heureusement, Baja lui avait parlé un peu de ce qui l'attendait et avait promis de lui donner d'autres explications sur l'acte physique à l'heure de sa toilette.

Le dîner festif était léger, composé de fruits qu'ils prenaient du bout des doigts, chacun nourrissant l'autre. Ainsi en allait-il traditionnellement pour tous les jeunes mariés.

Xavian se pencha et, repoussant ses cheveux, lui présenta

une datte. En percevant sa chaleur, elle sentit sa gorge se serrer. Son souffle lui effleurait le cou comme une brise fraîche. Alors, la crainte qui montait en elle se mua en une émotion différente. Une étrange sensation de volupté naquit au plus profond d'elle-même. Ce soir, elle saurait. Ce soir, le secret lui serait révélé. Ce serait la réponse, la récompense, qu'elle avait cherchée durant toutes ses nuits solitaires et vides.

Xavian ouvrit une grenade et lui en offrit une moitié. Les minuscules grains translucides et sucrés fondaient sur la langue, mais c'est à peine si elle goûta leur saveur. La tête lui tournait. Le parfum de musc de Xavian l'enivrait et les notes du *qanoon* s'élevaient à un tempo plus rapide maintenant. Elle but le thé à la menthe sous le regard de braise de son mari, qui enveloppait son corps, s'attardait sur ses seins lourds et douloureux. Puis il releva les yeux vers sa gorge qui se teintait de rose, vers ses joues enflammées.

Quand il planta son regard dans le sien, Layla ne sut comment respirer. Elle humecta ses lèvres sèches et un désir urgent l'envahit. Sentir sa bouche virile prendre la sienne, et goûter cet homme plutôt que le fruit…

Il devina alors qu'elle était prête.

Puis le moment fatidique arriva, et elle aurait voulu rester à table, le temps qu'il l'embrasse au moins. Elle regrettait que cette nuit fût si solennelle, qu'ils ne fussent pas seuls, car, l'espace de quelques secondes, elle avait connu un élan de volupté. La beauté de cet homme, son parfum unique, le regard audacieux qu'il portait sur elle, l'avaient emplie d'une curiosité avide qu'elle désirait approfondir. Mais Baja l'entraînait déjà vers la salle de bains, tandis que Xavian gagnait le lit. Jamais elle n'avait connu de peur plus aiguë, mais jamais non plus, elle n'avait été aussi impatiente.

Une partie d'elle-même voulait toujours fuir dans le désert, mais en même temps elle découvrait qu'elle aspirait à ce moment crucial. Et elle était sûre que les graines de coquelicot n'y étaient pour rien !

Les servantes la baignèrent dans des huiles parfumées aux essences de rose et de musc. En apercevant le papillon au henné qu'on lui avait dessiné au bas du ventre, Layla frémit d'anxiété à la pensée que la bouche de Xavian se poserait là…

Mais aux dires de Baja, les choses ne se dérouleraient pas ainsi. Il y aurait peut-être un baiser. Pour la forme, expliqua celle-ci. Puis le roi prendrait toutes les initiatives. Elle n'aurait qu'à soulever sa chemise de nuit. Une coupe d'huile parfumée était disposée près du lit, restait à espérer que le cheikh s'en servirait. Sinon, grâce au bain qu'elle venait de prendre, son corps était doux et suffisamment détendu, la rassura la vieille femme. La perte de sa virginité ne prendrait pas longtemps, car le roi était sous l'effet conjugué de la nourriture aphrodisiaque qu'ils avaient consommée et des fragrances capiteuses du corps de Layla.

Mais Layla voulait plus que ce que Baja lui représentait.

— Devrai-je le toucher… ? demanda-t-elle, désireuse d'être aussi une bonne amante pour son mari.

Baja se mit à rire et les servantes pouffèrent elles aussi. Evidemment, elles savaient ce qu'on racontait sur le cheikh Xavian et ses conquêtes innombrables. Les rumeurs couraient vite parmi le personnel, même d'un royaume à l'autre. L'un des cousins de Baja, valet de chambre à la cour du Qusay, n'avait-il pas rapporté que les maîtresses du cheikh attendaient déjà son retour au palais, lorsque Layla serait rentrée au Haydar ? Son corps ne servait qu'à une chose, lui rappela Baja. Et elle ne devait pas s'embarrasser de séduire le roi !

— Ses maîtresses s'en chargeront à votre place.

Baja tentait de la rassurer, mais ses paroles eurent sur Layla l'effet d'une douche glacée.

Glacée et irritante, comme cette nouvelle émotion qui venait de poindre au fond d'elle-même. La jalousie… A l'égard de ces filles inconnues qui prendraient soin de combler les désirs intimes de son mari.

— Ne vous inquiétez pas, Votre Altesse, poursuivit Baja. Vous n'aurez à supporter ses attentions qu'une fois ou deux par mois jusqu'à ce que vous soyez fécondée. Ensuite, vous serez tranquille pour un an au moins.

Après avoir passé une chemise de nuit sur son corps humide et lisse, on brossa ses cheveux et on maquilla ses lèvres. Enfin, elle fut déclarée prête.

Ecartant les tentures, elle pénétra dans la chambre de Xavian. Des lampes à huile et des bougies éclairaient le vaste lit surmonté d'un baldaquin d'organza. Les notes du *qanoon* qui lui parvenaient du salon brisaient le silence du désert. Layla savait que ces notes douces et séduisantes étaient destinées à faciliter son passage entre les bras de son mari.

Il était couché — nu, sans doute ! — entre les draps de soie qui le couvraient jusqu'à la taille. Il était tout aussi impressionnant qu'en uniforme, se dit-elle. Sa carrure large et musclée devait faire le bonheur des tailleurs du palais.

De profondes cicatrices marquaient ses poignets et elle crut d'abord, à la lueur fumeuse des bougies, qu'il s'agissait de dessins au henné. Mais non, c'était bien la trace d'une blessure ancienne. Puis, jugeant inconvenant d'observer ce détail, elle leva les yeux et vit ses traits racés s'adoucir légèrement à mesure qu'elle approchait.

A cause de l'huile corporelle, sa chemise de nuit lui collait à la peau et elle s'assit maladroitement sur le lit.

— Ne soyez pas nerveuse.

— Je ne le suis pas, affirma-t-elle sans pour autant réprimer un tremblement.

Il l'embrassa. Ses lèvres tièdes pressèrent les siennes, et très vite il introduisit sa langue. Layla essaya de répondre à son baiser avec application, en calquant chaque mouvement de sa bouche virile.

Son statut de princesse l'avait tenue à l'écart des flirts et elle ne savait comment embrasser un homme. Son inexpérience l'embarrassait et la rendait incapable de savourer cette étreinte. En revanche, elle était consciente de sa virilité dressée qui se pressait contre sa cuisse. C'était long et ferme…

Son angoisse redoubla. Pourvu qu'il pense à utiliser l'huile !

Désireuse de montrer sa bonne volonté, elle releva sa chemise de nuit.

— Rien ne presse, murmura-t-il.

Il voulait prolonger ce baiser, qu'elle se détende aussi, et apprécie au moins ce devoir conjugal.

— J'aimerais qu'on en finisse tout de suite, dit-elle d'une voix empruntée.

Dans ce cas, lui aussi, pensa-t-il tout en se demandant s'il serait convenable de commander une maîtresse pendant sa lune de miel.

Il aimait l'amour physique, les ébats passionnés. Mais cette pimbêche froide et hautaine, qui venait dans son lit juste pour consommer un rapport clinique, ne ressemblait en rien à la femme voluptueuse qu'il avait sustentée tout à l'heure. Oui, franchement, il avait hâte d'en finir lui aussi !

Il se montra attentionné pourtant. Trempant ses doigts dans la coupe près du lit, il se mit à enduire le pôle secret de sa féminité, percevant sa chaleur intime. Il insista et plongea en elle un doigt audacieux.

Layla faillit suffoquer. En même temps, elle regardait, fascinée, le membre de Xavian se tendre davantage. Cette chose était si puissante, si dressée, qu'elle en ressentit un vague dégoût.

Tout en guettant sur son visage le mélange d'émotions qui la traversaient, Xavian effleura la perle de son désir, s'y attarda…

Elle voulut serrer les cuisses, lui refuser l'accès à son intimité. Cette main qui la caressait ne faisait qu'accroître son angoisse. Cet acte, ces gestes, il les referait avec une autre bientôt ! C'était inconvenant…

— Maintenant, à votre tour de m'ondoyer.

Elle se raidit. Baja ne l'avait pas prévenue de cette phase et elle n'avait pas envie de caresser cette zone de son corps d'homme. Sauf si cela l'aidait à supporter la suite. Après une hésitation, elle trempa ses doigts tremblants dans la coupe et s'intima de le toucher à l'endroit qu'il demandait. Maladroitement, elle répandit l'huile parfumée sur la longueur de son sexe en détournant les yeux, impressionnée. Involontairement pourtant, elle regarda de nouveau, car la peau sous ses doigts était douce et veloutée.

— Encore, dit-il sans cesser de la caresser.

Elle sentait son ventre, ses cuisses devenir étrangement lourds. Elle n'aimait pas ces sensations inconnues, l'étrange réaction de ses sens. Elle avait hâte de retrouver son contrôle et de mettre fin à ces diversions inutiles. Elle était dans sa période la plus féconde, car on avait tenu compte de son cycle pour fixer la date du mariage. Alors, qu'attendait-il ? Il était temps de passer à l'acte et, quand ce serait terminé, de retrouver sa raison.

Elle repoussa la main qui emprisonnait sa féminité et s'étendit.

— Maintenant. Faites-le maintenant.

Xavian en eut brusquement assez de ses minauderies. L'espace d'une seconde, il avait senti qu'elle s'abandonnait, pourtant elle refusait de baisser la garde, de savourer ses caresses. Il avait espéré moins de rigidité de la part de son épouse.

Dommage, parce qu'elle était vraiment belle, se dit-il. Un corps magnifiquement galbé, de longs cheveux noirs et des lèvres qui sauraient embrasser divinement si elle voulait bien apprendre. Oui, ce corps-là était fait pour le plaisir. Encore fallait-il qu'elle daigne se laisser aller.

— Enlevez votre chemise de nuit, dit Xavian qui ressentait le besoin de prolonger son excitation.

Elle fit ce qu'il disait. Il s'allongea sur elle et elle écarta les jambes docilement, pour lui faciliter la tâche visiblement.

Il n'empêche qu'il était nerveux plutôt qu'excédé quand il se mit à sonder de son sexe l'orée de son intimité. Il pencha la tête pour happer un sein et goûter sa chair pour son propre plaisir au moins. Mais il eut beau faire, il n'obtint aucune réaction.

Maintenant que le moment était arrivé, elle était terrifiée. Elle ne pouvait le lui montrer, bien sûr. Jamais elle ne montrait ses craintes à quiconque. Elle était reine et se devait de rester maîtresse d'elle-même et d'afficher de l'assurance en toutes circonstances.

Xavian sentit le contact de ses larmes sur sa joue. Il n'en continua pas moins de taquiner son entrejambe et il sut qu'elle était prête.

Il était néanmoins furieux de son refus de prendre du plaisir, furieux de ses airs de martyre, de ses exhortations à passer à l'acte, alors qu'il avait voulu veiller d'abord à son bien-être et au sien.

Contre toute attente, une vague de tendresse incongrue l'envahit. Ce n'était pas seulement ses larmes, ni même sa beauté qui changeaient les règles du devoir conjugal, c'était elle-même.

Cette part d'elle qu'il n'avait fait qu'entrapercevoir à table le touchait. Mais plus que cela, c'était la femme qui était entrée résolument dans ses appartements au palais qui l'intriguait. Et il voulait pour elle mieux que du sexe à la va-vite. Car aussi horripilante et autoritaire fût-elle, elle s'était gardée pour lui. Certes, il ne pouvait en être autrement, puisqu'il devait prendre une vierge pour épouse, mais en reportant leur union pendant tant d'années, il l'avait aussi privée du plaisir charnel, en même temps que du bien-être et de la consolation qu'il apportait.

Ce soir, il pouvait lui offrir l'évasion vers ce refuge bienfaisant. Encore fallait-il qu'elle consente à embarquer avec lui.

Il essaya d'insuffler un peu de douceur dans la résignation inutile qu'elle s'imposait.

— Il n'est pas nécessaire que cela se passe comme ça, comme un devoir à accomplir, murmura-t-il.

Ses lèvres prirent le relais de ses mots et taquinèrent la joue humide de Layla pour achever de la rassurer. Mais elle détourna la tête.

Elle était incapable d'expliquer la raison de ses larmes, sinon que les paroles de Baja l'avaient blessée. A quoi bon cette intimité ? A quoi bon s'abandonner à lui quand d'autres attendaient déjà leur tour ?

— Vos maîtresses peuvent se trémousser pour vous, laissa-t-elle tomber. A elles de vous dire combien vous êtes merveilleux. Pour ma part, j'ai seulement envie que ce soit fini.

— Pourquoi prendrais-je une maîtresse ? murmura Xavian à son oreille.

Il tentait doucement de la pénétrer, sentant la résistance de son innocence.

— Parce que c'est ce que vous ferez. Je serai au Haydar et vous serez ici.

Ah ! Elle était déjà jalouse. Xavian sourit d'un air triomphant. Pourtant, quelque chose changea au fond de lui. Il tenait dans ses bras une reine, une femme qui était son égale, et pas seulement en titre. Elle le défiait et, étrangement peut-être, il l'en désirait davantage. Cet accès de jalousie ne trahissait-il pas chez elle le même émoi ?

Il lui mordilla le lobe de l'oreille.

— Pourquoi aurions-nous besoin d'autres partenaires si nous nous satisfaisons mutuellement ? susurra-t-il.

Il ne cherchait pas encore à s'introduire en elle. D'une main, il taquinait son joli postérieur, de l'autre il caressait ses seins. Bientôt, il s'abaissa et, de la bouche, il s'empara d'un mamelon qu'il titilla de la langue. Elle observa le manège sensuel de ses lèvres.

— Nous avons une flotte d'avions à notre disposition. Et il y a toujours… le téléphone, dit-il en la regardant, une lueur mutine au fond des yeux.

Elle étouffa un rire, émoustillée malgré elle à la perspective des jeux érotiques auxquels ils pourraient se livrer tout en vivant séparément. Ils n'étaient pas obligés de suivre les méthodes de Baja et la tradition.

— Il est de mon devoir de te satisfaire, Layla…

Il happa la pointe de son sein et aspira profondément, jusqu'à ce qu'elle se tordît de plaisir.

— Et en dépit de ma piètre prestation tout à l'heure, je prends vraiment *tous* mes devoirs au sérieux. Tu ne seras pas tentée de chercher ailleurs…, assura-t-il, conscient de son pouvoir de séduction.

Elle comprit qu'il lui demandait d'observer les mêmes règles ! Elle savait que cela arrivait dans certains couples — qu'une femme mariée prenne un amant. Sa sœur Noor, par exemple, mariée à un prince impuissant, était autorisée à avoir un amant pourvu que celui-ci soit discret. Mais pourquoi voudrait-elle d'un autre homme, elle, Layla ? Xavian n'était certainement pas déficient sexuellement !

Elle sentit sa langue glisser vers son ventre et frémit sous lui. Il effleura des lèvres le papillon au henné dessiné à son intention. Ses doigts habiles avaient repris leurs caresses, plus appuyées à présent, et il couvrait son ventre de baisers.

Par ces manœuvres, il cherchait à la convaincre qu'elle avait droit à la jouissance. Il abaissa la tête plus bas et apposa ses lèvres sur le pôle de sa féminité. Il sut alors qu'elle s'offrirait à lui.

Comme il aimait les femmes ! Comme il aimait sentir qu'elles s'ouvraient entre ses mains ! Mais en constatant que le cynisme de Layla fondait sous ses lèvres, il se dit que jamais son plaisir n'avait été aussi grand. De la langue, il taquina la perle de son désir et perçut le frémissement qui parcourut ses cuisses, et ses soupirs saccadés. Ces signes ne le trompaient pas, mais il voulait d'abord recevoir un baiser d'elle. Cette bouche, au bord de laquelle il avait déposé des fruits, qui avait osé lui adresser des ordres, s'adoucirait sous la sienne, il en était sûr.

Il l'embrassa et, cette fois, elle répondit à son baiser. Grisé, il invita sa langue dans un ballet séduisant, puis de plus en plus fiévreux. Jusqu'à ce que la passion brutale les plaquât l'un contre l'autre. Quand elle enroula ses jambes autour de lui, il faillit oublier qu'elle était vierge et un élan de tout son corps le porta vers ce présent unique qu'elle lui offrait.

Car elle le désirait désespérément à présent et l'attirait vers elle. Il se pressa à la porte de son désir brûlant.

Elle se mit à sangloter quand il la pénétra et, alarmé par sa propre brutalité, il releva la tête en se maudissant intérieurement. Mais non, elle s'abandonnait sous lui, se livrait totalement comme s'il venait de la libérer de quelque prison. Il le devina à ses lèvres qu'elle posait sur sa joue, à ses mains fines qui le pressaient en elle, doucement d'abord, puis de plus en plus loin. Et, à chaque mouvement, elle s'arquait en le suppliant.

— Encore…

— C'est fini…

Baja qui faisait les cent pas à l'extérieur de la chambre, entendit le cri de sa maîtresse et alla s'asseoir parmi les servantes, fière de sa reine et heureuse que cette longue nuit prît fin. Sauf que les cris se prolongeaient… Les jeunes servantes baissèrent la tête, rougissantes, et Baja s'empressa d'affirmer :

— Ce sera bientôt fini.

Mais c'était tout le contraire que Layla espérait. Car ni les froides prédictions de Baja, ni le plus frivole de ses rêves n'approchaient la sublime réalité. Ses baisers maladroits, comme ses gestes, avaient fait place à un maelström d'émotions et d'ivresse, à un monde inconnu où Xavian l'invitait et où elle était enfin elle-même. Une femme libérée entre ses bras…

Encouragé par ses cris involontaires, il la serrait contre lui de plus en plus fort. Et le bonheur qu'elle éprouvait de le sentir en elle était sans égal. Elle se sentait choyée, comme baignée dans un océan de tendresse et, même au plus fort de sa fragilité, lorsque Xavian, le souffle rauque, l'emporta vers un univers quelque peu effrayant, elle eut conscience d'être protégée. Le corps tendu comme un arc, elle hissa ses hanches pour mieux l'inviter à accélérer sa cadence, à s'accorder à l'ardeur soudaine qui la possédait. Il refusait pourtant d'accéder à son désir, de dépasser ce rythme qu'il s'imposait, et même ralentit ses élans.

Si son intrusion avait été douloureuse, comme une brûlure brève, à présent c'était une tout autre douleur qu'il lui infligeait. Celle de la frustration. En désespoir de cause, elle prononça son nom, comme un baiser qu'elle lui envoyait, comme une supplique formulée dans un sanglot. Elle qui n'avait jamais eu à supplier quiconque reconnaissait à peine sa voix dans cette prière qui franchissait ses lèvres. Une seconde plus tard, son corps s'embrasa tout entier. Ses mains agrippèrent le dos de Xavian, le pressant de la rejoindre dans le tourbillon affolant qui l'emportait. Mais il n'en fit rien, même lorsqu'elle chavira dans un cri sauvage, le corps traversé de spasmes violents.

Un élan de triomphe parcourut Xavian quand il la sentit se vriller et fondre sous lui, quand il l'entendit crier son plaisir. Alors seulement, il voulut la rejoindre, basculer à son tour dans le néant. L'ascension fut merveilleuse et il eut envie de la prolonger, d'en découvrir les secrets inexplorés.

Il l'embrassa, nourrissant son désir à ses lèvres épuisées. Puis plongeant son regard dans ses prunelles mauves encore brûlantes d'excitation, il déclara :

— Tu vois comme cela peut être beau ?

Layla avait cru son corps rassasié, mais elle se trompait. Abandonnant ses mouvements langoureux, Xavian adopta enfin le rythme urgent et exigeant qu'elle lui avait réclamé. Animé d'une ardeur implacable, il l'enlaça plus étroitement et, couvrant son visage et ses paupières d'une pluie de baisers, il s'élança profondément en elle. Elle s'arc-bouta pour épouser son rythme et se sentit bientôt au bord du gouffre, effrayée, en proie au vertige. Dans sa peur de sombrer, elle eut la tentation ultime de lui échapper et de rouler jusqu'au bord du lit pour se préserver, mais il se figea soudain, comme foudroyé, et l'inonda de sa lave.

Electrisée, elle oublia toute idée de fuite au moment où elle plongeait avec lui dans une autre dimension, criant son nom sans retenue.

Un même spasme les secoua, puis il entreprit de la caresser, la ramenant doucement à la conscience, insufflant à sa chair vibrante une plénitude dont elle n'avait jamais fait l'expérience.

Lentement, la fièvre s'estompa.

— Voilà comment ça pourrait être entre nous, répéta-t-il en déposant un baiser sur ses lèvres.

3.

Xavian dormait rarement, ou plutôt, une partie de lui-même restait en alerte dans le sommeil, contrôlant les rêves indésirables qui risquaient de le submerger. Trop fier pour montrer ses terreurs nocturnes à ses maîtresses, il congédiait souvent sa partenaire au milieu de la nuit. C'était moins facile quand celle qui partageait son lit était son épouse et qu'il s'agissait de leur nuit de noces.

Il avait donc décidé de rester vigilant et de ne pas céder au sommeil, sachant qu'il récupérerait pendant ses longues virées dans le désert. Il dormirait quelques heures au fond d'un canyon et pourrait ainsi rester éveillé toutes les nuits de leur lune de miel. Seulement pour la première fois depuis longtemps, le sommeil le gagna tout à fait.

Le parfum de Layla, la douceur de son corps étendu près du sien y étaient bien sûr pour beaucoup. Mais il y avait une autre raison : l'expérience torride qui les avait traversés avait agi comme un baume. Jamais auparavant il n'avait ressenti un tel bien-être, et bien que son intention eût été seulement de somnoler, son subconscient en décida autrement.

Une image onirique se mit à le tarauder, cherchant à l'entraîner. Dans un réflexe stupide, il se laissa porter dans sa direction. Au dernier moment, sa raison reprenant le dessus, il résista, faillit ouvrir les yeux. De nouveau, la vision l'assaillit et, cette fois, il sombra dans le rêve…

Il se trouvait dans un palais différent du sien. Celui du Haydar peut-être ? Non, car il y avait des tableaux aux murs et, en les contemplant, il eut l'étrange conviction que ce n'était pas un rêve, mais un souvenir.

Il entendait un rire clair d'enfant. Un enfant qui lui ressemblait. Et un oiseau… Un petit oiseau argenté s'était introduit dans le palais, semant le désordre. L'enfant courait et riait en le poursuivant dans les corridors. Des domestiques armés de balais essayaient de rabattre le volatile, mais il piquait vers le sol, esquivait, les défiait presque. L'enfant riait de plus belle, et cette gaieté inondait Xavian d'une joie pure qui réchauffait ses veines.

Un visage lui apparut, qu'il ne reconnaissait pas, mais son instinct lui dictait que c'était sa mère. Elle le grondait, lui disait d'aller jouer dehors…

Il aimait ce rêve, ce palais où des enfants riaient. Il sentait aussi les doigts de Layla sur son épaule, son souffle comme une brise sur sa peau, et son rêve continuait.

Une plage riante… Les doigts de Layla glissaient le long de son bras, lui enserraient le poignet… et soudain l'innocence prit fin. Pour la première fois, il connut la peur. Une peur glacée qui inondait son corps et l'arrachait au monde sécurisant de l'enfance.

Du sang sur la mer… L'enfer habitait son âme !… Le cœur battant à tout rompre, Xavian voulut réintégrer le monde réel mais le cauchemar le tenait enfermé.

Se réveiller à tout prix… Avant de tordre les draps et de se mettre à hurler. Avant que Layla ne soit témoin de sa souffrance secrète…

Mais il était trop tard. Son cri déchira le silence de la nuit. Son corps se raidit, les palpitations… Cela se terminait toujours de la même façon. Cette fois pourtant, quelque chose d'inattendu se produisit. C'était la douceur des bras de Layla, de ses lèvres pressées sur son cou, et ce calme étrange qui descendait sur lui.

Layla avait entendu le tintement décroissant des clochettes accrochées aux parois de la tente et destinées à avertir les jeunes mariés de l'approche d'un serviteur. Cela signifiait que Baja et les servantes s'étaient retirés dans leur quartier et que Xavian et elle étaient complètement seuls à présent.

Le mariage avait été consommé. Son corps était épuisé, mais elle était trop consciente de l'homme couché auprès d'elle pour aspirer au repos.

Il l'avait d'abord tenue dans ses bras, puis le sommeil venant, son étreinte s'était relâchée et il avait roulé sur le côté. Elle entendait sa respiration, écoutait les vents du désert qui tournoyaient autour de la tente.

Même endormi et le dos tourné, son mari était très beau. En dépit de l'obscurité, elle percevait sa beauté racée, irrésistible. En proie à une audace qu'elle ne se connaissait pas, elle tendit la main et, du bout des doigts, effleura ses épaules, palpant les muscles sous sa peau lisse. Comme elle désirait le voir se retourner pour qu'il la serre contre lui ! Mais il dormait profondément et restait insensible à ses caresses.

Alors, elle s'enhardit davantage. Ses doigts glissèrent le long de son bras jusqu'à son poignet. En palpant ses cicatrices, elle eut l'impression de ressentir la douleur physique qui y était inscrite.

Ce fut à cet instant qu'il s'agita. Vivement, elle retira sa main, consciente d'être une intruse.

Alors, surgie de nulle part, une terreur subite le saisit, le convulsa. C'était une émotion si violente, si palpable que, l'espace d'un instant, elle crut que quelque chose de terrible s'était produit, comme un incendie ou un tremblement de terre, qu'elle constaterait de ses propres yeux dans une seconde ou deux.

Son corps était agité de telles saccades qu'elle s'attendait à le voir bondir du lit, à ce que le danger se matérialise. Cela dura quelques secondes.

Puis un cri d'effroi…

Alors, elle comprit. La peur de Xavian était réelle, la menace était présente, mais pour lui seul. Parce qu'il était prisonnier d'un cauchemar.

Il n'aimerait certainement pas savoir qu'elle en avait été témoin. La discrétion lui dictait de se tourner sur le côté, de faire semblant de dormir, et quand il se redresserait en sursaut et allumerait la lampe, elle prétendrait n'avoir rien entendu. En dépit de ce raisonnement, elle l'attira contre elle et embrassa doucement sa nuque glacée. Elle le garda ainsi jusqu'à ce que son souffle fût redevenu normal, consciente de retenir non seulement Xavian, mais aussi un secret.

Un secret dont elle n'avait pas le droit de lui souffler mot. Parce qu'il n'appartenait qu'à lui, tant qu'il n'aurait pas décidé de le lui confier.

4.

Le lendemain, Xavian évita de regarder son épouse en face. Ce n'était pas tant à cause de son mal de tête — celui-ci passerait en avalant une tasse de café, se dit-il — que parce qu'il se sentait honteux et embarrassé.

Quand les servantes entrèrent dans la chambre, il coula un regard de biais à Layla et vit ses joues s'empourprer. Vivement, elle se redressa et les femmes de chambre arrangèrent ses oreillers, puis avancèrent une table roulante chargée d'un copieux petit déjeuner. Celui-ci se composait de fruits, de yaourts, de pâtisseries, accompagnés de lait au miel, de café et de thé parfumé.

Xavian était sûr qu'elle était gênée vis-à-vis de lui, parce qu'il avait crié dans la nuit, mais il tomba de haut quand, après le départ des domestiques, elle plaqua une main sur sa bouche et laissa échapper un rire bref.

— C'est fou ! Elles m'ont baignée, m'ont habillée et… pourtant, je n'aime pas les voir entrer ici.

Elle se sentait mal à l'aise d'être nue avec lui sous les draps, dans l'air lourd imprégné de sensualité. Elle s'empourpra davantage, mais pour une tout autre raison cette fois. Xavian venait de se lever et se tenait nu devant elle.

— Que veux-tu manger ?

— Une pâtisserie au gingembre, répondit-elle, déconcertée par sa question.

— Et comme boisson ?

— Du lait au miel.

Après avoir passé une serviette autour de sa taille, il prit ce dont ils avaient besoin. Sur la table de chevet, il posa le lait, la cafetière et les tasses ; il plaça les assiettes de gâteaux sur le lit et, pour la première fois de sa vie certainement, il poussa la desserte à l'extérieur de la pièce et jusqu'au quartier des domestiques, faisant tinter au passage les clochettes. Ceci fait, il vint reprendre sa place dans le lit.

Les clochettes résonnèrent de nouveau et Layla devina que Baja se précipitait vers la chambre pour savoir ce qui se passait. Alors, Xavian déclara d'une voix ferme :

— Prière de ne pas nous déranger.

Layla imagina Baja figée de stupeur — car les clochettes restèrent silencieuses quelques secondes. Puis celle-ci repartit très vite dans la direction d'où elle était venue, emportant en chemin la table délaissée. Ils étaient enfin seuls.

— C'est notre endroit privé.

En faisant ce commentaire, Layla regarda son mari droit dans les yeux. A son tour, il la dévisagea enfin, avec une reconnaissance infinie. Parce qu'elle ne lui avait pas posé de questions sur les événements de la nuit passée. Ce tact inattendu le toucha profondément.

— Tu as donc six sœurs ?

Couché sur le côté, Xavian but une gorgée de café. Layla savourait son lait et ses pâtisseries. Le petit déjeuner se prolongeait…

Il lui racontait des anecdotes sans importance qu'il n'avait jamais confiées à personne, parce qu'il n'y avait eu personne pour l'écouter jusque-là. Elles concernaient son secrétaire particulier : comment Akmal écoutait aux portes. Akmal dont le nom signifiait « parfait » et qui se croyait irréprochable ! A présent, il interrogeait Layla sur sa famille.

— Tu es en bons termes avec elles ?

— Je m'entends avec elles parfois, mais jamais avec toutes mes sœurs à la fois ! répondit-elle en riant. En revanche, nous nous inquiétons toujours les unes pour les autres. En ce moment, elles se font probablement du souci à mon sujet.

— Pourquoi ?

— Parce que je suis ici… Bien sûr, elles n'ont pas besoin de se tracasser. Elles savent que tu seras un bon mari et que tu me donneras des héritiers.

Elle esquissa un sourire crispé et ses yeux violets se teintèrent de gravité, quand elle ajouta :

— Pourtant, j'aimerais que mon mari soit plus que cela.

Tout en l'écoutant, il demeurait interloqué. Encore une fois, elle faisait voler en éclats le conformisme. Elle était capable de le défier, de le satisfaire physiquement. En plus, elle lui offrait un délice rare pour un roi : celui d'une conversation débridée, d'un échange verbal authentique, qui n'était pas embarrassé par leurs statuts ou leurs titres.

Bien sûr, il ne reniait pas son destin. C'était un honneur d'être roi. Seulement, on le confortait dans ce rôle en le comblant d'éloges, en lui dictant sa manière d'être. La nuit dernière, en revanche, il s'était senti choisi pour lui-même.

Elle demandait plus de la part d'un mari. Mais il n'était pas sûr de pouvoir lui donner ce qu'il ne connaissait pas, c'est-à-dire lui-même.

— Tu aurais aimé avoir des frères ? s'enquit-elle.

Il secoua la tête.

— C'est une perte de temps de désirer ce qu'on ne peut avoir. Ceci dit, j'ai trois cousins. Enfant, je jouais un peu avec eux. Ils sont pour moi comme des frères.

— L'un d'eux est Kareef, je crois ? demanda Layla qui avait entendu parler d'eux. Tu le vois souvent ?

— Il est très occupé à diriger le territoire de Qais. Nous nous parlons de temps en temps.

— Et le deuxième ?

— Rafiq ? C'est un homme d'affaires qui voyage beaucoup.

Il se sentit mal à l'aise soudain et devança la question suivante afin qu'ils puissent changer de sujet.

— Je ne vois plus Tahir, dit-il, la mine sombre. Il est parti depuis quelque temps…

— Ce ne sont pas des frères dont tu es proche donc, fit remarquer Layla.

— Comme je l'ai dit, répondit-il sèchement, on ne peut regretter ce qu'on n'a pas eu.

— Je ne m'imagine pas sans mes sœurs. Elles sont mes confidentes. Bien sûr, il y a des choses que je n'oserais pas leur dire. Baja en connaît certaines…

— Lesquelles ?

Elle secoua la tête, consciente du danger qu'il y avait à être trop franche. Mais la curiosité de Xavian était piquée à présent.

— Qu'est-ce que Baja sait que tu ne peux pas confier à tes sœurs ?

— Rien.

Mon Dieu ! Elle avait oublié ses propres principes. Ces maudites graines de coquelicot lui avaient délié la langue !

— Dis-moi, insista-t-il.

— Je ne peux pas.

— Je suis sûr du contraire.

Si elle hésitait à partager ses vrais sentiments avec celui qui était son mari, elle consentit néanmoins à faire une concession, juste un petit aveu — en espérant qu'il serait indulgent.

C'est ainsi qu'elle raconta cet épisode de son adolescence, quand un homme — un prince en visite — avait attiré son attention. Oh ! Il ne s'était rien passé. Elle avait seulement beaucoup pensé à lui.

Tout en lui rapportant ce souvenir, elle se raidit, craignant sa réaction. Après tout, Baja l'avait giflée après cette histoire.

A sa grande surprise, Xavian l'embrassa sur la joue, avant de s'excuser de l'avoir fait attendre pendant toutes ces années.

A partir de ce moment, et bien qu'elle eût pour principe de ne se fier à personne d'autre qu'à elle-même, Layla se mit peu à peu à avoir confiance en son mari.

Layla n'alluma pas son ordinateur, pas plus que Xavian ne partit au milieu du désert. Ils se découvraient de nouvelles priorités et le monde pouvait attendre.

Peu importait que leur mariage eût été froidement arrangé. Leurs parents — involontairement sans doute — avaient bien fait les choses, car cette union n'était plus une pure convenance politique.

Baja fut dans tous ses états quand elle comprit ce qui se passait. Elle eut peur pour sa reine, car elle considérait Xavian comme un séducteur patenté. Elle ôta les graines de coquelicot de l'élixir, réduisit la quantité de pignons, mais apparemment les effets de la potion ne diminuaient pas. Au bout de deux jours, sa maîtresse était toujours dans un état second.

Tandis qu'elle la baignait ce matin-là, Layla n'avait que le nom de Xavian à la bouche.

— Il est merveilleux, Baja, déclara-t-elle, tandis qu'une servante lui lavait les cheveux. Nous parlons de tout.

— Que lui dites-vous ? la questionna Baja d'un air suspicieux.

— Plein de choses. Il est mon mari. J'ai le droit de lui raconter ce que je veux, non ?

— Laisse-nous, je vais terminer, dit Baja à la jeune domestique.

Elle lui prit la cruche des mains et entreprit de rincer la chevelure de sa souveraine avec des gestes vifs. Layla perçut cette tension avant même que Baja ne déclare :

— Vous savez que je m'inquiète pour vous ?

— Oui, je sais, répondit Layla en sentant les doigts noueux lui masser vigoureusement le crâne.

— Vous êtes toujours si prudente d'habitude, se plaignit la dame de compagnie.

— Et je le suis toujours.

— Bien sûr, mais… Il dirige un autre pays. Son cœur appartient au peuple du Qusay qui sera toujours sa priorité.

— Comme il se doit, acquiesça Layla qui pensait de même en ce qui concernait ses sujets.

— Vous avez tellement lutté pour gouverner, insista Baja en huilant les longues boucles brunes. Si le roi savait combien cela vous pèse, il voudrait sûrement vous aider et…

— Je ne lui céderai pas mon royaume, si c'est ce qui te tracasse.

— Bien sûr que non. Nos mines de saphir ont un potentiel énorme et vous savez tout le bien que vous pouvez en tirer.

Layla ferma les yeux. C'était son rêve de voir son pays prospérer et accéder à l'indépendance économique, de construire des écoles et des hôpitaux. Les rêves de Xavian rejoindraient-ils les siens ? Serait-il aussi déterminé à servir la cause du peuple du Haydar ? Voilà où Baja voulait en venir.

— C'est un roi puissant, ajouta celle-ci. Or, un souverain ne doit jamais avoir trop de pouvoir.

— Je ne céderai pas mon pays, répéta Layla. Mais s'il savait combien ma tâche m'écrase... Ce ne serait sans doute pas une mauvaise idée de partager mes soucis avec mon mari, n'est-ce pas ?

— Les secrets sont l'arme des hommes, coupa Baja sentencieusement. Gardez-vous de les lui confier.

Layla n'aimait pas ce qu'elle venait d'entendre, mais elle ne reprocha pas à Baja d'outrepasser ses droits, car elle faisait toujours grand cas de ses opinions, sachant que la vieille femme n'y mettait aucune malice.

Layla désirait tant pour son peuple, auquel elle vouait une véritable passion. Personne ne le défendrait avec autant de conviction qu'elle-même et certainement pas le souverain d'un autre royaume. Baja avait raison. Il était impératif qu'elle sépare les affaires du cœur de celles de l'Etat. Xavian était un mari attentionné, un amant époustouflant, un ami peut-être aussi, mais il n'était pas indispensable qu'il connaisse toutes ses pensées.

Occupée à remplir de nouveau la cruche, Baja se raidit soudain en voyant les tentures s'écarter.

— Vous permettez ?

Xavian entra et lui prit le récipient des mains, puis il attendit qu'elle eût quitté le cabinet de toilette. Layla s'immobilisa dans la baignoire. Avait-il entendu leur conversation ?

— Tu n'es pas supposé assister à ma toilette, déclara-t-elle.

— Et pourquoi ? demanda-t-il en versant l'eau sur ses cheveux.

— Je dois me présenter à toi seulement lorsque je suis belle.

— Tu l'es en ce moment.

Son corps était mouillé, tiède et parfumé… Oui, elle lui plaisait ainsi. Si seulement il n'y avait pas le protocole et cette armée de femmes de chambre et de serviteurs qui envahissaient leur espace ! Sans compter Baja, silencieuse et toujours à proximité !

— J'en ai assez de tout ce personnel ! lança-t-il en ôtant son peignoir et en la rejoignant dans le bain. Assez de Baja qui ne te quitte pas d'une semelle et du son du *qanoon* qu'on nous sert tous les soirs.

Layla se mit à rire.

— C'est vrai que c'est pesant parfois.

— Nous pourrions les renvoyer au palais. Tous !

— Et qui veillera à ma toilette ? s'enquit-elle, incrédule.

Les mains de Xavian effleurant son corps répondirent à cette question.

— Qui préparera nos repas ?

— Nous-mêmes.

Seule avec lui, sans Baja pour la soutenir ? Cette perspective l'affolait, car si Xavian était un homme fascinant, il était trop dérangeant pour ses propres principes. Ne sachant que répondre à cette proposition, elle entreprit de lui savonner le torse.

— Nous leur dirons de se montrer plus discrets, dit-elle en guise de compromis. Parce que je suis habituée à être entourée. Imagine-toi avec six sœurs !

Elle sentait qu'il se décontractait sous les massages doux qu'elle lui prodiguait, et même il rit de bon cœur lorsqu'elle évoqua ses bêtises d'enfant, qui avaient eu le don de faire enrager ses nurses.

Se laissant aller à son tour, il se souvint de ses cousins.

— Quand j'allais chez eux, je les trouvais toujours en train de se disputer et de se battre. Parfois, ils riaient aussi. Puis je rentrais au palais, et c'était à ce moment-là que mes frères me manquaient.

Prenant conscience de son lapsus, il se reprit :

— Ce qui me manquait, c'était *d'avoir* des frères.

— Preuve que l'on peut regretter ce qu'on n'a jamais eu, commenta-t-elle en souriant, heureuse qu'il s'ouvrît un peu plus à elle. Et à l'école ? Est-ce que tous les enfants voulaient être l'ami du futur roi ?

— Je n'ai eu que des précepteurs. Oui, j'étais très seul, dit-il en rencontrant son regard interrogateur.

Il parlait doucement, sans passion, et à travers cette conversation, elle le sentit tellement plus proche qu'en dépit des avertissements de Baja, elle trouva tout naturel de se confier davantage. Elle lui parla de Noor, parce que bientôt ils se rendraient au Haydar et qu'il devait être au courant de ce que toute sa famille savait. Elle ne lut pas la moindre trace de réprobation sur ses traits et elle fut encore plus surprise quand il demanda :

— Sont-ils heureux ?

— Oui. Ahmed aime Noor, mais pas au sens intime du terme. Ils ont été forcés de se marier, car ils étaient fiancés depuis l'enfance.

— Comme nous ?

Elle acquiesça.

— Heureusement, Ahmed a confié son secret à Noor. Ils mènent une vie merveilleuse et leurs sujets sont heureux.

Xavian prit un air pensif.

— Si nous nous étions rencontrés plus tôt, si nous nous étions parlé…

— Mais nous nous sommes rencontrés, intervint-elle. Je me tenais auprès de toi au couronnement de la reine Stefania et j'espérais que tu me saluerais. Mais dès que la reine est arrivée à ta hauteur, tu m'as snobée.

Ce souvenir humiliant lui amena le rouge aux joues.

— Je ne t'ai pas…

— Oh, si ! coupa-t-elle, suffoquée par une colère soudaine. Tu m'as totalement ignorée !

— J'avais autre chose en tête ce jour-là.

— Qu'y avait-il de si important au point de t'empêcher de te tourner vers ta fiancée et de lui sourire ?

Ses mains fines qui lui massaient les épaules ne l'apaisaient plus, constata Xavian. Elle posait des questions trop personnelles tout à coup.

— Que t'est-il arrivé ?

Pour changer de sujet, elle suivait du doigt le tracé des larges cicatrices qu'il portait aux poignets.

— J'ai été malade quand j'étais enfant, répondit Xavian en fixant les marques familières.

Brusquement et bien que l'eau du bain fût chaude, il se sentit glacé. Il se rappelait sa distraction le jour du couronnement et le regard effrayé de la reine Stefania.

— J'ai été très malade. J'avais des crises… On a été forcé de m'attacher au lit, car je délirais et je m'échappais parfois.

— Oh !

Il vit la confusion dans le regard violet de Layla.

— On t'a… *attaché* ? répéta-t-elle, horrifiée.

Ses doigts caressèrent lentement les cicatrices. Elle les examinait, comme il le faisait parfois, et il devina qu'elle se posait les mêmes questions que lui. Il avait été le prince héritier du trône, il aurait dû y avoir des infirmières pour veiller sur sa santé. Pourquoi avait-on eu recours à une méthode aussi barbare ?

— Qu'est-ce que tu avais ? demanda-t-elle.

Pour toute réponse, il retira ses poignets.

— Qu'est-ce qui te rendait si malade ?
— En quoi est-ce important ?
— Ça l'est peut-être, objecta-t-elle en pensant qu'elle porterait un jour son enfant.
N'y tenant plus, il se hissa soudain hors de la baignoire, et enroula une serviette autour de sa taille. Il avait besoin d'espace soudain et il voulait être seul. La curiosité et les questions de Layla commençaient à lui taper sur les nerfs.
— Je vais dans le désert, annonça-t-il.
Restée seule, elle frissonna dans l'eau presque tiède. Elle ne comprenait pas ce changement d'humeur. Pourquoi la conversation avait-elle dérapé ? Elle s'enveloppa dans un drap de bain et le rejoignit dans la chambre. Il s'habillait et n'avait même pas sonné un valet de chambre pour l'aider.
— Je pensais que nous devions passer quelque temps…
— Tu ne le souhaites pas, coupa-t-il. J'ai proposé de renvoyer le personnel pour que nous apprenions à nous connaître, mais tu te demandes qui va préparer nos repas.
— Tu te trompes, dit-elle doucement, certaine que ce n'était pas cette question qui le bouleversait. Je ne suis pas inquiète à ce sujet.
— Alors, c'est de savoir qui va se charger de ta toilette !
— Tu m'as déjà dit que tu t'occuperais de mon bain.
Il avait fini de s'habiller. Il avait opté pour une longue tunique blanche, qui réfléchirait la chaleur ardente du désert. Le vêtement accentuait son teint hâlé et révélait une ombre de barbe sur ses joues.
— Combien de temps seras-tu absent ?
Il salua cette nouvelle question d'un rire dur et blessant.

— Pourquoi ? Tu as peur de brûler le dîner ? railla-t-il.

Il avait hâte de fuir. La tente immense devenait trop étroite brusquement. La présence de Layla l'étouffait, son regard violet était trop intense…

— Je rentrerai quand je voudrai.

5.

Le désert avait sur lui un effet apaisant. Là, dans le silence, il pouvait se ressourcer, réfléchir et goûter un rare sentiment de liberté.

Enfant, il avait accepté l'explication qu'on lui avait donnée au sujet de ses cicatrices.

— Tu étais si malade, Xavian, avait dit sa mère, les larmes aux yeux, en réponse à ses innombrables questions. Si faible, si souffrant. Puis quand tu as eu sept ans, il s'est produit une sorte de miracle. Tu as commencé à reprendre des forces…

Elle lui avait parlé des crises et des délires qui l'avaient secoué, et il avait posé d'autres questions. Un jour, alors qu'il était devenu adolescent, il avait interrogé le Dr Habib, le médecin du palais. Il lui avait dit la même chose, ces crises étaient de l'histoire ancienne, il ne risquait plus rien.

Il marcha longtemps tout en ressassant ces lointaines conversations. Puis il s'assit et regarda le paysage de sable. Relevant les manches de sa tunique, il fixa les cicatrices sombres, tournant et retournant ses poignets. Qui attacherait un prince royal avec une corde ?

Cette corde, c'était comme s'il la *sentait*…

Le désert était patient, se dit-il. Il le laissait formuler ses questions sans lui imposer le silence. Oui, dans le désert, il pouvait penser et se livrer à l'introspection. Après la mort de ses parents, il avait marché ainsi pendant des jours, en quête de la sagesse nécessaire pour guider son peuple. Une autre fois, avant la tragédie, il s'était réfugié dans le désert, parce que son humeur était sombre. C'était à son retour d'Aristos, un an plus tôt, il venait d'assister au couronnement de Stefania. Ce jour-là, contrairement à ce qu'elle voulait croire, il n'avait pas délibérément ignoré Layla. Il avait même eu l'intention d'échanger quelques mots avec elle, pour savoir quel genre de femme il allait épouser. Mais le couronnement avait suscité en lui d'étranges sentiments. Oui, des sentiments et non des souvenirs, car aucune représentation visuelle ne s'était imposée à son esprit.

Des émotions qu'il valait mieux ignorer, il l'avait su d'instinct, ct il avait essayé de ne plus y prêter attention. Il était parti en Europe, s'était étourdi en faisant la fête, avait joué avec zèle le rôle du prince play-boy. Mais rien n'avait apaisé son trouble croissant.

Il croyait maintenant aux vertus du silence pour calmer son esprit bouillonnant. Sauf que le vent rugissait à travers les canyons et semblait l'appeler. Xavian se força à écouter. Les dunes dorées ondulaient, se muaient en vagues qui le portaient. Il entendait un rire d'enfant. Le vent, sûrement…

Bien sûr, Layla l'avait apaisé à sa manière, mais elle l'avait déstabilisé aussi. Il ne tolérerait pas qu'elle lui pose d'autres questions.

Il s'allongea et fixa le ciel bleu. Bientôt, il ferma les yeux à cause du soleil éblouissant. Sa main glissa sur le côté et, au lieu de rencontrer du sable, trouva de l'eau. Ses doigts trempaient dans la mer glacée !

Il se redressa en sursaut et regarda sa main, s'attendant à voir des gouttes ruisseler. Elle était sèche. Alors, il sut que son trouble l'assaillait de nouveau, que la folie était là…

Non, il ne voulait pas devenir fou. Bon sang ! Il était le roi du Qusay.

Comme l'obscurité enveloppait peu à peu le désert, il revint lentement vers la tente et vers sa jeune épouse. Une lumière douce éclairait l'intérieur du palais de toile. Dès qu'il entra, le détestable *qanoon* se mit à jouer. La table était mise, les bougies allumées… mais Layla n'était pas là.

— La reine était fatiguée, expliqua un domestique, non sans nervosité. Elle s'est retirée pour la nuit.

Xavian n'était pas fatigué, lui. D'un pas énergique, il entra dans la chambre. Layla était couchée.

— Je sais que tu ne dors pas.

Elle haussa les épaules, en gardant les paupières closes.

— Alors, tu devrais savoir aussi que je fais semblant de dormir parce que je ne souhaite pas te parler.

Sa franchise arracha à Xavian un léger rire.

— Il est tard, fit-elle remarquer en ouvrant enfin les yeux. Pas loin de minuit. Le désert est dangereux, la nuit…

— J'ai l'habitude du désert.

— Pas la nuit, sans provisions et seul.

Xavian se sentit encore plus seul après ce commentaire. Il éteignit la lampe et se coucha auprès d'elle. La musique s'arrêta, mais son esprit ne parvenait pas à trouver le repos.

Il avait consulté le Dr Habib récemment et lui avait raconté ses peurs irraisonnées. Celui-ci lui avait recommandé de n'en parler à personne, disant qu'un sentiment de déjà-vu était parfois la forme atténuée d'une crise. Il lui avait donné des comprimés que Xavian avait acceptés tout en se promettant de ne pas les avaler. Parce qu'il ne faisait pas confiance au médecin.

Ah ! La paranoïa maintenant… N'était-ce pas un autre signe de sa folie ?

Il roula sur le côté et ferma les yeux. Il n'avait pas plus confiance en Akmal, se dit-il. Comment annoncer à ce petit homme pontifiant qu'il avait, lui, le roi, des doutes sur son propre état mental ?

— Xavian ?

Se sentant plus audacieuse dans le noir, et désireuse de mettre fin à leur querelle, Layla n'attendit pas d'être invitée et moula son corps contre le sien. Il fit un geste pour l'arrêter et elle ne fit rien pour lui dissimuler sa perplexité.

Tendu et furieux contre lui-même, il chercha le sommeil. Mais chaque fois qu'il s'enfonçait dans la somnolence, il avait de nouveau l'impression d'être sur l'eau. Là, au beau milieu du désert, il sentait le mouvement de la mer sous lui, et le soleil lui brûlait la peau.

Quoi qu'il fasse décidément, il devenait de plus en plus fou. La peur, comme il ne l'avait jamais connue, le poussa à se rapprocher de Layla. Parce que son corps était doux et tiède, parce qu'elle était vivante et rassurante.

— Xavian, qu'est-ce qui ne va pas ?

Comme il ne connaissait pas la réponse à cette question, il plaqua un baiser sur ses lèvres pour la réduire au silence.

Layla avait été folle d'inquiétude, parce qu'il était resté longtemps absent d'abord, et parce qu'à son retour, il avait eu une mine terriblement sombre. Sa peur s'était muée en humiliation quand il l'avait repoussée. Mais à présent qu'il la couvrait de son corps, que sa bouche écrasait la sienne à l'étouffer, elle sentait monter en elle le désir et l'embrasement délicieux de leurs chairs. Elle savait ce dont son mari avait besoin et, cette fois, elle pouvait le satisfaire.

Il lui releva sa chemise de nuit et elle leva les bras pour qu'il pût l'en débarrasser complètement. Imprégné des odeurs du désert, Xavian était plus viril que jamais. Ses joues qui n'étaient pas rasées la griffaient. Du genou, il lui écarta les cuisses.

Voulant ralentir son ardeur, elle changea de position pour le chevaucher. Mais Xavian n'apprécia pas cette initiative. Il lui tardait de prendre son corps pour échapper à ses propres démons et n'avait que faire des préliminaires. Plus tard, peut-être, mais pas ce soir.

Joueuse, elle bâillonna sa bouche crispée d'un baiser, puis ses lèvres glissèrent vers son torse, aspirant et mordillant ses tétons plats, goûtant sa peau, se pressant contre son sexe dressé. Ses seins effleuraient son ventre et Xavian eut envie de les toucher. Il la força alors à se redresser pour la caresser à son tour.

Layla ne se serait jamais crue aussi audacieuse. Elle inversait les rôles pour mieux prolonger le plaisir. Les mains de Xavian caressaient le galbe de ses seins, son entrejambe, et elle se mit à onduler au-dessus de lui avec frénésie.

Il lui emprisonna les hanches et s'enfouit en elle comme un forcené. Très vite, il lui imprima son rythme. Layla s'embrasa la première. Elle cria son nom quand il la rejoignit dans l'extase qui les frappa par vagues successives. Elle chancela, pantelante, épuisée, et il l'accueillit entre ses bras.

Il resta étendu dans l'obscurité, écoutant le vent qui hurlait — un vent sinistre à faire sortir de leurs lits les gens sains d'esprit. Mais il refusait de réagir à ces appels lancinants. Il voulait demeurer dans cette immobilité dénuée d'interrogations et d'incertitudes.

Le corps parfumé de Layla, son sein lourd au creux de sa paume, sa respiration régulière étaient comme une invite au repos et il se prit à espérer. En restant auprès d'elle nuit après nuit, peut-être lui transmettrait-elle cette sérénité à laquelle il aspirait de toute son âme ?

Alors, brusquement, il s'entendit demander :

— Pourquoi m'attacher avec une corde ?

Un long silence s'ensuivit. Incapable de lui répondre, Layla s'empara de sa main et pressa ses lèvres sur sa vilaine blessure.

Il reprit la parole.

— Je commence à me souvenir…

Layla se figea.

— De quoi te souviens-tu ?

— Je ne sais pas exactement.

Consciente que l'instant était vital et qu'il requérait toute son attention, elle se redressa pour allumer une lampe. Dès que la lumière inonda la chambre, elle vit ses traits s'assombrir et elle comprit qu'elle venait d'agir de façon stupide. Par devoir, mais non comme une épouse et certainement pas comme une amante. Elle aurait dû rester dans l'obscurité et le rassurer. Il était trop tard maintenant.

— De quoi te souviens-tu ? répéta-t-elle doucement.

— Peu importe.

Il s'écarta et roula sur le côté.

— Xavian ?

— Dors !

A cette exhortation impérieuse, elle sut qu'elle l'avait perdu.

6.

En apercevant le palais depuis l'hélicoptère, Layla retint son souffle. Dans le soleil de cette fin de matinée, le bâtiment étincelait comme un joyau posé aux portes du désert.

Bien sûr, elle avait eu l'occasion de contempler sa silhouette fière et élancée dressée sur son promontoire face à la mer, lorsqu'elle était arrivée par bateau… Mais rendue nerveuse par l'imminence de son mariage, elle ne l'avait pas vraiment admiré. Abordé par le désert cette fois, le palais royal lui paraissait différent. Du reste, *tout* était différent, songea-t-elle. Elle était mariée, ne portait plus de voile, et l'homme auprès d'elle, en plus de l'avoir éveillée à la sensualité, lui avait aussi offert quelque chose d'infiniment précieux et qu'elle n'avait certainement pas prévu. Car elle l'aimait… Oui, si hermétique et ténébreux fût-il, elle aimait Xavian.

— Comme c'est beau…, murmura-t-elle en se tournant vers lui.

La mine sombre, il n'ébaucha qu'un haussement d'épaules à ce commentaire.

Elle n'était pas sûre qu'il veuille de son amour, car elle n'avait ni expérience ni modèle en la matière. Leur intimité physique était certes merveilleuse, mais dès qu'ils n'étaient plus dans leur chambre, elle percevait une distance entre eux. L'homme qui s'était confié à elle avait disparu. Tant de zones d'ombre le cernaient que, dût-elle vivre cent ans, elle n'aurait pas le temps de les explorer toutes, se dit-elle.

Oh ! Pourquoi avait-elle allumé la lumière cette nuit-là ? Car c'était à partir de ce moment qu'ils avaient perdu le contact. Bien sûr, ils se parlaient, mais c'était à propos de choses sans importance. En fait, se corrigea-t-elle, ils discutaient quand même de sujets sérieux, comme du fonctionnement du palais ou de leurs royaumes respectifs, mais c'était comme si ces questions avaient perdu de leur intérêt pour elle.

Son attention se porta sur Baja, assise non loin d'elle. Il était évident que sa première dame de compagnie ne voyait rien d'étrange dans l'attitude détachée de Xavian. Ne lui avait-elle pas appris à ne rien attendre de lui ? Mais Layla pensait différemment.

Bien que Xavian la mène au-delà de ses fantasmes la nuit, elle voulait partager plus que son corps. Elle désirait qu'ils se rejoignent aussi sur le plan moral.

Malheureusement, il avait pris l'habitude de se lever avant l'aube pour partir dans le désert et de ne rentrer que tard dans la nuit. L'entente et la complicité qui avaient balbutié entre eux avaient été vite anéanties. Et chaque matin, en se réveillant, elle constatait qu'il s'était un peu plus éloigné d'elle affectivement.

— Il y a déjà du monde !

Même à cette altitude, Layla remarquait que le palais ressemblait à une ruche. Les jets privés et les hélicoptères stationnés sur l'aire d'atterrissage indiquaient que plusieurs personnalités étaient déjà arrivées. Les mariés ne devaient pas les rencontrer avant la réception officielle qui aurait lieu le lendemain.

— Comme j'aimerais que mes sœurs arrivent dès aujourd'hui !

Elle regardait attentivement les avions, essayant de distinguer leurs armoiries, mais Xavian ne faisait pas mine de participer à ce petit jeu.

A leur descente d'hélicoptère, délaissant l'entrée monumentale du palais réservée aux festivités du lendemain, ils se dirigèrent vers une aile qui abritait les appartements royaux et dont l'accès était interdit aux visiteurs. Conscient de son devoir, il lui montra les jardins luxuriants, les portes dérobées et leurs passages secrets, la chambre à coucher enfin, qu'ils partageraient lorsqu'elle serait au Qusay. Plus que le décor exquis et le lit immense, ce fut le luxueux bassin devant les portes-fenêtres qui retint son attention.

— Tu peux prendre un bain tout en admirant la mer, expliqua Xavian en ouvrant les baies vitrées qui donnaient sur une plage dorée.

Puis voyant son air effarouché, il la rassura.

— Personne ne peut te voir.

— Même si quelqu'un marche sur la plage ? demanda-t-elle en passant avec lui sur le balcon.

— Cette crique est privée et exclusivement à notre disposition. On y accède par cet escalier là-bas. Il existe une autre plage pour le palais, mais celle-ci nous est réservée.

Tout était vraiment beau et agencé de façon à leur assurer une totale intimité, pensa-t-elle, impressionnée.

Ils prirent la parole en même temps et elle ébaucha un sourire contrit, avant de lui faire signe de parler le premier.

— J'ai du travail, dit-il. Ça ne devrait pas me prendre beaucoup de temps, mais après une semaine d'absence…

— J'allais dire la même chose. Moi aussi, je vais avoir un tas d'affaires à régler.

— Je ferai aménager un bureau pour toi.

— Oh ! Il doit déjà être prêt. Avant de partir dans le désert, j'ai demandé à mon personnel de veiller à ce qu'on m'en installe un.

Ce qui avait été fait. La vaste salle de travail de Xavian jouxtait une pièce plus petite, où son vizir se tenait habituellement. Celui-ci avait été expédié dans une autre aile et la pièce avait été préparée pour Layla. Son ordinateur était branché et une montagne de documents l'attendait. On avait aussi disposé des vases remplis de fleurs d'oranger, ainsi qu'une carafe d'eau fraîche.

Layla s'empressa d'ouvrir la porte-fenêtre qui donnait sur les jardins et sur la mer. Mais à cause du vent fort, elle dut la refermer aussitôt.

— C'est un peu exigu, fit-elle remarquer.

— Je demanderai qu'on t'attribue un espace plus convenable que tu pourras utiliser la prochaine fois que tu séjourneras ici. Mais je trouve que mon personnel a plutôt bien fait les choses dans un délai aussi bref.

— Tu as eu des années pour tout prévoir, lui fit-elle remarquer d'un ton sec. Toi et tes conseillers, vous saviez tous que tu épouserais une reine active.

Il réprima une moue. Il n'était pas habitué à ce qu'on lui adresse des reproches.

— Je suppose qu'il y a un vaste bureau entièrement équipé qui m'attend au Haydar ? répondit-il, sarcastique.

— Evidemment. Tu utilises un système d'exploitation différent du mien, mais il a été installé spécialement. Il y a aussi du papier à lettres marqué du blason royal du Qusay et un sceau à ton nom…

— C'est bon, j'ai compris. Si ce bureau est trop petit, tu peux travailler dans le mien en attendant.

— Non, merci. Je laisserai seulement la porte de communication ouverte… si ça te convient.

— Comme ça, nous pourrons nous faire signe, plaisanta-t-il.

Mais elle n'était pas d'humeur à rire.

— J'aimerais me mettre au travail le plus vite possible. Avec la réception de demain, il y a beaucoup à faire.

Lui aussi avait hâte de s'immerger dans le travail, d'oublier l'arrivée des têtes couronnées et des hauts dignitaires et de se consacrer à ce qu'il savait faire le mieux : gouverner. Il avait d'ailleurs des centaines de documents à signer.

Akmal les lui présentait, l'informait du contenu de chacun et attendait sa décision. Pendant ce temps, des employés allaient et venaient, chargés de dossiers. Xavian donnait des ordres brefs, arpentant son bureau de long en large.

Au bout de deux heures, comme il s'offrait une pause et buvait un café — il avait convié Layla à faire de même, mais elle avait refusé —, il nota qu'elle travaillait absolument seule.

Il ne parvenait pas à comprendre pourquoi. Elle avait amené avec elle tout un équipage de conseillers, de femmes de chambre et Baja, pourtant personne ne l'assistait dans sa tâche. Il la regarda pianoter sur son clavier, signer des papiers d'un geste élégant, barrer une page d'un trait rageur. Il admira son immobilité silencieuse et l'air de profonde concentration qui imprégnait son visage.

Il leva les yeux, regarda un hélicoptère survoler le palais avant d'amorcer sa descente, et sentit ses lèvres s'assécher. Le travail ne s'avérerait plus une distraction suffisante lorsqu'*ils* seraient là.

Il se tourna vers Layla. Comme elle ne relevait pas la tête, il pénétra dans la pièce exiguë.

— Puis-je faire une suggestion ?

Elle était si absorbée qu'elle ne l'avait pas entendu approcher.

— Je t'en prie, répondit-elle poliment.

Il s'assit sur un coin du bureau.

— Je fais toujours lire mes documents par Akmal ou l'un de mes assistants. Ils relèvent pour moi les informations pertinentes. Je peux ? demanda-t-il en désignant la feuille qu'elle tenait.

Il la parcourut rapidement.

— Ici, Akmal aurait souligné le fait que tu as déjà approuvé la date de mise en exploitation de la nouvelle mine de saphir. Et voici un autre élément important : tu as décidé l'ouverture de la mine afin de financer un hôpital.

Il s'amusait à lui montrer combien elle perdait de temps à vouloir tout analyser elle-même, sans déléguer. Surtout, il avait envie de l'emmener dans leur chambre à l'étage. En fait, gouverner ne venait qu'en second dans l'ordre de ses talents !

— Ce document ne contient rien d'autre. Il ne manque que ta signature.

— Malheureusement non, répondit Layla d'un ton assuré. Car ce texte est truffé d'erreurs. J'ai approuvé la mise en exploitation d'un gisement *d'opale*, et les revenus de cette mine sont destinés à fonder une *faculté de médecine*… pour que mon pays commence à former ses propres médecins au lieu d'importer des praticiens étrangers.

— Je vois.

— Non, Xavian, tu ne peux pas comprendre. Les sages et les conseillers de ton royaume t'écoutent. Je t'ai entendu ce matin donner des ordres et insister pour qu'ils soient exécutés.

— Cela va de soi…

— Mon pays est réfractaire au changement, poursuivit Layla. J'ai la conviction que nous avons trop longtemps compté sur les mines de saphir pour donner à notre société ses moyens d'existence. Oui, le Haydar est riche, mais il est loin d'être autonome. Mes vêtements viennent des boutiques d'Aristos et nous envoyons nos meilleurs élèves étudier à l'étranger. Nous avons les médecins les plus brillants, parce que nous comptons sur nos ressources minières pour les payer. Qu'adviendra-t-il si les mines ne produisent plus ?...

— Elles sont inépuisables, objecta Xavian.

— Ou si une mine de saphir est découverte ici au Qusay, ruinant notre exportation ? continua-t-elle sur sa lancée. Bien sûr, nous exportons d'autres produits, mais je tiens à ce que mon pays devienne indépendant économiquement. Seulement, les sages et les conseillers me résistent. A la première occasion, ils modifient des détails en espérant que je ne le remarquerais pas. Ce document n'en est qu'un exemple.

Elle se passa une main lasse sur le front.

— Renvoie-les, conseilla Xavian.

— Je ne peux pas. Vois-tu, n'ayant pas eu d'héritier mâle, mon père a dû mettre en place une législation lourde et complexe pour apaiser le peuple. Les sages du royaume ont un pouvoir considérable.

— Mais tu es la reine, le chef suprême, argua Xavian.

— Raison pour laquelle je vérifie tout dans les moindres détails, et...

Elle esquissa un sourire bref.

— C'est pourquoi je vais rester encore plusieurs heures dans ce bureau à lire ces papiers, afin que mon entourage ne puisse m'extorquer une signature.

Elle baissa les yeux et essaya de reprendre sa lecture.

Il savait qu'il devait la laisser à sa tâche. Ce qu'il aurait fait, un autre jour que celui-là. Mais dehors, les hélicoptères continuaient d'atterrir et, tôt ou tard, *ils* seraient là. Il préférait ne pas rester seul avec ses pensées.

— Arrête maintenant, Layla, la pria-t-il en jouant avec une mèche de ses cheveux.

— Impossible, répondit-elle en se mordant la lèvre car sa main glissait sous sa chevelure et lui caressait la nuque. Avec le temps, tu comprendras la mentalité haydarane...

Il s'était levé. Les mots se mirent à danser devant les yeux de Layla et sa vue se brouilla quand il releva ses cheveux. Elle sentit le contact de ses lèvres sur sa nuque. Comme elle avait envie de s'en remettre à lui pour l'aider à porter son fardeau !…

Une fois déjà, elle avait appelé quelqu'un à la rescousse. Son beau-frère, Ahmed, le mari de Noor, l'avait épaulée, la déchargeant de certaines responsabilités. Les sages avaient aussitôt fait pression sur lui en le menaçant de révéler son secret personnel.

Mais Ahmed était faible, tandis que Xavian…

Ses lèvres tièdes butinaient son cou. Si seulement elle pouvait laisser tomber cette fastidieuse paperasserie et se lover dans ses bras, être une épouse…

— Laisse ça pour le moment, Layla. Ça peut attendre, non ?

Elle prit alors conscience de l'impossibilité de la situation. La priorité de Xavian allait à son royaume — encore qu'en cet instant, il songeait d'abord à satisfaire d'autres exigences ! Si elle perdait cette faculté de médecine pour laquelle elle se battait tant, en quoi cela le gênerait-il ?

— *Tu* peux certainement attendre, toi ? lui opposa-t-elle.

— Es-tu consciente que nous devrons faire chambre à part, ce soir ? lui rappela-t-il d'un ton presque implorant.

Car selon une coutume absurde, le soir précédant sa présentation officielle, la jeune épouse devait observer les rites d'une future mariée et dormir seule.

Ses mains se refermaient à présent sur ses seins, les caressaient à travers le tissu de son caftan. Elle sentit une chaleur sourdre à la jonction de ses cuisses. Elle voulait se laisser aller contre lui, céder à ses instincts… Hélas, le devoir passait avant tout.

— J'essaie de travailler, Xavian !

Elle regretta sa voix mordante et l'écart brutal qu'elle fit pour se soustraire à ses attentions. Mais c'était ça ou succomber.

— Eh bien, ne te gêne pas pour moi ! rétorqua-t-il, furieux.

Il alla se poster à la fenêtre, regardant sans les voir les invités qui débarquaient et s'avançaient sur les pelouses bien entretenues. Il n'était pas habitué aux femmes dotées d'un tempérament fort, et qui repoussaient ses avances de surcroît !

Mais il cessa de penser à son épouse, car la reine Stefania venait d'apparaître. Son sang se figea dans ses veines.

Comme elle avait changé… Depuis la naissance de son premier enfant, elle était de nouveau mince, élégante, mais Xavian ne lui accorda qu'un coup d'œil furtif. Son regard était braqué sur la porte de l'hélicoptère. La sueur perla à son front et il crispa les poings.

Et soudain, il le vit. Le roi Zakari Al'Farisi, vêtu d'un caftan bleu ciel, foula la pelouse à grands pas pour rejoindre son épouse. Elle dut lui dire quelque compliment, car il sourit et leva les yeux, précisément vers la fenêtre derrière laquelle Xavian se tenait.

Il recula d'instinct, même s'il savait que personne ne pouvait le voir de l'extérieur. Sa respiration s'accéléra et ses traits se contractèrent. La peur sournoise qui le guettait l'enserrait peu à peu dans un étau, l'étouffait…

— Layla !

Aussitôt, elle releva la tête, alarmée.

Il avait besoin d'elle. Il voulait qu'elle vienne ! Il allait lui montrer, lui dire…

A cet instant, un coup fut frappé à la porte et Akmal parut.

— Attends que je te dise d'entrer ! lança Xavian avec véhémence.

Layla s'empourpra légèrement. Seigneur ! Quel embarras si Akmal était arrivé quelques minutes plus tôt. Et c'eût été bien pire si elle avait cédé à ses désirs secrets et aux exigences de Xavian !

— Je m'excuse, sire. Je voulais vous informer que le roi Zakari de Calista et son épouse la reine Stefania d'Aristos sont arrivés.

— Nous attendons beaucoup d'invités. Inutile de me prévenir à chaque venue. Nous les saluerons demain à la réception. C'est la coutume, non ?

Il avait parlé d'un ton neutre, mais la note étrange qui transperçait ses paroles alerta Layla, comme tout à l'heure quand il l'avait appelée. Levant les yeux, elle vit un muscle tressaillir convulsivement sur sa joue.

— Ils ont demandé l'autorisation de dîner avec vous ce soir, reprit Akmal sans se démonter. Evidemment, c'est tout à fait irrégulier, mais…

— Non.

— Puis-je vous suggérer de les rencontrer cet après-midi à l'heure des rafraîchissements ? Ils doivent repartir aussitôt après la cérémonie demain, car, ainsi qu'ils m'ont chargé de vous l'expliquer, leur fils, le prince Zafir, est trop jeune pour rester longtemps sans eux.

— La réponse est non, répéta Xavian avant de lui donner congé.

Akmal sortit, visiblement contrarié d'avoir à annoncer aux visiteurs le refus du cheikh.

— Cela aurait été agréable de dîner avec eux, avança Layla dès qu'ils furent seuls. Ou au moins de passer un peu de temps en leur compagnie. Ils peuvent peut-être nous donner des conseils, car, après tout, ils ont à gouverner deux pays séparés eux aussi…

— J'ai donné ma réponse.

— L'invitation vaut pour nous deux, souligna-t-elle. Et j'aimerais l'accepter.

— Tu respecteras ma décision, répliqua-t-il avec sévérité. Chez moi, dans ce palais, tu te conformeras à mes règles !

— Je ne me conformerai qu'aux miennes, Xavian ! le défia-t-elle en se dressant devant lui. N'essaie pas de m'en imposer. Nous pouvons au moins prendre des rafraîchissements avec eux ?

— Je croyais que tu devais travailler. Tu es trop occupée pour passer du temps avec *moi* et me satisfaire, mais tu as envie de bavarder avec des inconnus ! Belle logique !

— Te *satisfaire* ? répéta Layla en se hérissant. C'est pour ça que je suis ici ?

— Nous sommes censés donner naissance à un héritier, lui rappela-t-il avec hargne. Je suis sûr que ton peuple préférerait que tu te concentres là-dessus plutôt que de te mettre en tête de construire des hôpitaux !

Cette attaque la laissa sans voix. Profitant de sa stupeur, il termina d'un ton brutal :

— Je te suggère de reconsidérer sérieusement tes priorités, Layla. Parce que tu as tout à perdre à continuer comme ça !

Sur quoi, il sortit en claquant violemment la porte derrière lui.

Elle demeura hébétée, cherchant à comprendre ce qui venait de se passer. Rien n'annonçait les humeurs orageuses de Xavian. Elles survenaient sans cause apparente. Pour autant, elle refusait de courir après lui. Tant pis si elle ne devait pas le revoir avant la réception.

Elle reprit sa place derrière le bureau. Les mains tremblantes, elle rassembla ses papiers, résolue à se remettre au travail. Mais elle fut incapable de se concentrer. Bien sûr, ses paroles l'avaient terriblement blessée, mais il y avait autre chose, pensa-t-elle, la tête dans ses mains. Quelque chose qui ressemblait à de la crainte et qui lui glaçait le cœur…

Elle ferma les yeux et se reporta en pensée à la dernière fois où elle avait vu Xavian dans cette humeur.

Ils prenaient leur bain ensemble. Ils bavardaient et riaient en s'aspergeant, comme un couple amoureux. Ensuite… Elle avait parlé du couronnement, de cette triste soirée où il l'avait ignorée. Elle avait mentionné aussi la reine Stefania et le roi Zakari. Ceux-là mêmes qui étaient leurs invités aujourd'hui…

Mais ça n'avait pas de sens. Comment des souverains étrangers, que Xavian connaissait à peine, pouvaient-ils l'affecter à ce point ?

7.

Xavian ne dormit pas cette nuit-là. Il fut tenté de passer outre la tradition et de rejoindre Layla. Il s'aventura même dans le corridor qui menait à sa chambre. Mais Baja était assise devant la porte, gardant sa reine et veillant sur son repos. Ses yeux perçants soutinrent son regard et, au bout d'un long moment, il battit en retraite.

Depuis des mois, il redoutait la journée qui s'annonçait. Depuis le couronnement à Aristos, en fait.

Il y avait eu des signes avant cet événement, bien sûr. Parfois, il se trompait de direction dans un couloir et éprouvait une sorte de confusion en constatant que l'issue qu'il croyait trouver n'existait pas. Et surtout, il y avait ces rêves.

Des rêves qui l'avaient troublé déjà lorsqu'il était enfant, même s'ils n'avaient rien eu d'effrayant. Souvent, il se voyait à cheval, sentait la puissance de l'animal sous lui et il entendait ses frères rire…

Ses rêves représentaient ses désirs, lui avait expliqué sa mère. Des frères qu'elle n'avait pu lui donner, des chevaux qu'elle lui interdisait de monter… Il avait trouvé cette explication plausible.

Jusqu'au couronnement.

En contemplant la longue rangée de convives dans laquelle il se trouvait, il avait senti son regard attiré vers le roi Zakari et une crainte sourde était montée en lui. Il n'avait pas été le seul à éprouver ce sentiment, car lorsque la reine l'avait salué, il avait lu l'effroi sur le visage de Stefania. Elle avait semblé en proie aux doutes, puis avait failli s'évanouir. Zakari était alors intervenu et l'avait emmenée.

Xavian aurait dû oublier l'incident. Sauf que c'était précisément à partir de ce moment que les lettres étaient arrivées. Il y avait eu des appels téléphoniques aussi, une invitation parfois.

Il n'avait jamais donné suite. Et voilà que le devoir ne lui laissait à présent d'autre choix que d'affronter les souverains d'Adamas.

Heureusement, Layla serait près de lui. Il ressentait le besoin inédit de se réconcilier avec elle et de la garder auprès de lui tout au long de cette journée pour des raisons autres que protocolaires.

Avant elle, il n'avait pas connu de véritable besoin. Le moindre de ses désirs — qu'il concerne son bien-être matériel, les femmes ou le pouvoir — était immédiatement exaucé. Pourtant, avec Layla, il était dans un état de manque perpétuel. C'était un besoin différent, insatiable, qu'il ne pouvait s'expliquer.

Incapable de rester en place, il s'était rendu dans la salle de bal où la cérémonie aurait lieu, pour tuer le temps et s'empêcher de penser. Il s'était fait couler un bain, s'était rasé, mais trop d'heures le séparaient encore du moment où il serait autorisé à la revoir, constata-t-il en soupirant. Sa patience commençait à s'effriter, quand Akmal entra pour l'informer des derniers détails de la cérémonie.

— Voici le collier d'émeraudes, sire, dit le vizir en ouvrant un coffret. La reine le portera ce soir.

Xavian contempla le précieux bijou qui faisait partie des joyaux de la couronne du Qusay et que l'épouse du roi devait arborer à toutes les occasions officielles. Ces pierres finement taillées étaient le signe de la richesse du royaume et son plus beau symbole.

— Je vais le remettre moi-même à Layla, décida-t-il.

— Mais elle ne le portera que ce soir, observa Akmal. La reine est entre les mains de ses femmes de chambre…

— Alors, je vais le lui porter maintenant !

Du regard, Xavian défia son secrétaire de le contredire. Puis il convoqua un valet qui l'aida à enfiler le somptueux caftan de cérémonie et le coiffa du keffieh à cordon doré.

Au diable la tradition ! pensa-t-il. Cette coutume était stupide. Ils étaient mari et femme. Pourquoi devaient-ils restés séparés ? Il valait bien mieux qu'il offre lui-même le présent à son épouse.

Fort de cette décision, il se rendit jusqu'aux appartements que Layla occupait, refusant d'admettre que le collier n'était qu'un prétexte, et que la seule personne qu'il voulait voir maintenant et qui pouvait l'aider à supporter cette journée, c'était elle, Layla.

8.

Plongée dans un bain laiteux et parfumé, ses cheveux noirs remontés très haut en chignon, Layla contemplait la mer par les portes-fenêtres ouvertes. Les femmes de chambre étalaient sa robe, tout était prêt. Pourtant, elle ne parvenait pas à se détendre.

Elle avait assisté à tant de réceptions mondaines qu'elle connaissait bien l'ennui mortel de ces dîners sophistiqués qu'elle avait présidés jusque-là, affublée d'un représentant officiel. Ce soir, ce serait différent, son mari serait à ses côtés. Cela ne l'empêchait pas de se sentir affreusement seule.

A cause de Xavian.

Il n'avait pas fait l'effort de s'excuser. Ce n'était pas son rôle de roi, comme il ne manquerait pas de le lui rappeler si elle insistait trop à ce sujet.

Il avait promis de pourvoir à ses besoins, ce qu'il faisait. Il avait promis de lui donner un héritier, ce qu'il ferait sûrement. A moins qu'il eût déjà… ? Elle glissa une main sur son ventre et, un instant, songea au miracle qui s'accomplissait peut-être en elle.

Elle aurait dû être satisfaite de son sort. Et pourtant… Elle en arrivait presque à regretter que les choses ne se soient pas déroulées entre eux ainsi que Baja l'avait prévu — un simple accouplement clinique, comme un autre devoir à accomplir. Heureusement, leur intimité était tellement plus belle que ça… et elle attendait encore plus de Xavian. Elle ne voulait pas seulement un *héritier*, mais *leur* enfant et un mari à part entière.

La porte s'ouvrit soudain et Xavian entra. Confuse, elle se recroquevilla dans le bassin, tandis qu'il congédiait le personnel et refermait la porte.

Jamais encore il ne lui avait paru aussi beau. Rasé de près, il portait un ample caftan noir à liseré d'or. Il dégageait ainsi une formidable présence et une autorité innée. Mais si époustouflant fût-il, elle était trop fière et trop en colère pour se contenter de l'admirer béatement.

— Tu ne devrais pas être ici, déclara-t-elle.

— Je sais, mais c'est une règle stupide.

— Pour toi, peut-être. Mais elle me convient plutôt, à moi. C'est agréable de goûter un peu de paix avant une telle occasion.

— C'est stupide de nous faire dormir chacun de notre côté, fit-il valoir.

— Nous aurons bientôt beaucoup de nuits à partager…

Elle haussa les épaules, faisant frémir l'eau autour d'elle. Xavian n'avait qu'une envie : la rejoindre dans son bain et embrasser sa jolie bouche boudeuse.

— Je ne t'ai donc pas manqué la nuit dernière ? demanda-t-il.

— Bien sûr que si. J'étais tellement en colère que je suis restée éveillée en bouillant de te dire ma façon de penser. C'était très frustrant, je l'admets.

Il se rendit compte que même en cette journée, alors que ses peurs inconnues devenaient presque palpables, Layla parvenait à le faire sourire. Cette femme l'épatait décidément.

Son regard de braise s'attarda sur ses épaules nacrées, imaginant avec fièvre le reste de son corps nu. Sans un mot, il s'assit sur le bord du bassin et lui tendit l'écrin.

Layla possédait une grande variété de bijoux au point qu'elle en était lasse parfois. Mais cette parure-là l'émerveilla. Une cascade d'émeraudes et de diamants, un véritable chef-d'œuvre de joaillerie… Cependant, ce geste ne lui suffisait pas.

— Est-ce là ta façon de t'excuser ?

Il percevait le timbre sec et buté de sa voix.

— Ces choses que j'ai dites… Je les regrette. Sincèrement.

Il était sidéré de s'entendre prononcer ces mots. De son côté, elle n'en revenait pas. Au mieux, elle s'était attendue à quelque parole raisonnable, mais certainement pas à de vraies excuses. Que lui arrivait-il ?

— J'avais beaucoup de choses en tête, ajouta Xavian.

— Lesquelles ?

Il secoua la tête.

— Tu ne veux pas m'en parler ? insista-t-elle.

— Et toi, m'as-tu confié tout ce que tu as à l'esprit ?

— Non, avoua-t-elle en s'empourprant légèrement.

— Pourquoi ?

Le silence se prolongea. Ce fut lui qui le rompit.

— Un jour, nous nous ouvrirons l'un à l'autre. Dans un avenir que j'espère proche, nous partagerons ces choses-là. Mais pas aujourd'hui où le devoir nous attend. Je te demande de me pardonner pour hier et d'accepter que j'aie des préoccupations. Sache aussi que j'espère pour nous deux des jours meilleurs. Tu es plus qu'une épouse pour moi, Layla.

— Et tu es plus qu'un mari, assura-t-elle. J'accepte tes excuses et ton présent.

— Le cadeau ne vient pas de moi, mais de mon pays. Ce collier a été porté par ma mère et ma grand-mère, et beaucoup de femmes avant elles. Depuis des générations, il est transmis à la jeune épouse du roi du Qusay.

Sa belle voix grave était séduisante, tout comme l'éclat du collier qu'il sortait de l'écrin.

— Ces pierres sont les plus fines qui ont été extraites de nos mines. Ce bijou rappelle aux Qusanis la richesse de cette terre qui les nourrit.

Il se pencha et posa le collier sur la gorge nue de la jeune femme. Puis se plaçant derrière elle, il accrocha le fermoir.

— Ce soir, tu porteras les émeraudes du Qusay et le peuple verra la beauté de notre union…

Il était fier d'elle, et elle comprit qu'elle était au plus près de gagner son amour.

Doucement, il embrassa son épaule nue. Les mots qu'il prononça ensuite achevèrent de la combler.

— Quand cette journée prendra fin, nous trouverons le moyen d'être enfin ensemble…

Ses mains viriles s'appliquèrent à savonner ses seins. Layla voulait se renverser et l'attirer à elle pour qu'il la rejoigne. Bien sûr, c'était impossible, et la frustration aiguisa ses sens. Elle se vrilla sous les baisers et les caresses dont il l'inondait, le souffle coupé à la perspective de l'avenir prometteur qu'il lui annonçait. Sa bouche avide sur son cou, ses mots chuchotés à son oreille et ses mains diaboliques la rendaient folle de désir. Son pouls s'affolait. Tout son être le réclamait.

Alors, brusquement, il se leva.

— Xavian ! Tu ne peux pas me laisser comme ça…, s'écria-t-elle d'une voix saccadée.

— Je te donne un avant-goût de ce soir, murmura-t-il en souriant. Ce sera notre récompense, quand la réception sera terminée.

Il contempla sa beauté, sa chevelure qui bientôt coulerait entre ses doigts, les bijoux étincelants sur sa gorge, ses seins généreux. Elle lui appartenait et il sut que c'était pour le mieux.

Elle le toucha à travers le caftan. Il la rendait audacieuse, vibrante, lascive. Elle pouvait percevoir son excitation à travers le vêtement. Elle aimait le désir qu'il avait d'elle et ce petit jeu de cache-cache cruel auquel ils se livraient.

— Plus tard…, murmura-t-il.

Son corps bourdonnait encore de cette promesse quand elle se prêta à la séance d'habillage dirigée par Baja. Docilement, elle enfila la longue robe ivoire, tandis que les femmes de chambre apportaient les dernières touches à son chignon formé d'innombrables boucles. Et malgré tous les efforts de l'esthéticienne, aucun maquillage ne parvint à estomper le feu de ses joues. Ses yeux violets rehaussés d'un trait de khôl brillaient d'excitation à la perspective de la nuit qu'ils passeraient ensemble et de la vie qui les attendait.

Elle chaussa des escarpins ornés de perles et se contempla dans le miroir avec satisfaction. Le collier était absolument magnifique et ses pendants d'oreilles, pareils à des larmes d'émeraude, étaient une touche finale parfaite.

Il était temps pour eux d'être présentés aux yeux du monde comme un couple, songea-t-elle, le cœur débordant de joie.

Akmal vint annoncer l'arrivée du roi. Baja et les domestiques s'effacèrent et Xavian entra dans la chambre.

L'étonnement le figea d'abord sur place. Puis un lent sourire illumina ses traits sculptés.

— Tu es… éblouissante !

— Toi aussi, répondit Layla. J'ai aussi un cadeau pour toi.

Elle lui tendit une bague dans sa paume ouverte.

— C'est un saphir rare du Haydar, expliqua-t-elle.

— Il a la couleur de tes yeux, commenta Xavian en admirant la pierre bleu-mauve.

— Je remarque que tu ne portes pas de bijoux. Si tu préfères ne pas la mettre à ton doigt, tu peux la garder sur toi…

— Je la porterai avec fierté, promit-il. A-t-elle appartenu à ton père ?

— Non. Les coutumes sont différentes au Haydar. Ce cadeau vient de moi. Tu as raison, la teinte de la pierre est assortie à la couleur des yeux de la mariée, mais tu ne dois pas léguer cette bague. Elle t'accompagnera jusque dans la tombe.

Il avait des bijoux, mais refusait de les porter, car aucun ne semblait lui convenir. Cette bague était différente : elle lui correspondait exactement, songea-t-il en la passant à son doigt.

Il lui offrit son bras et ils empruntèrent les longues galeries du palais ornées des portraits d'ancêtres, et une enfilade de salles chargées d'histoire. Cette solennité impressionnait Layla, en même temps qu'elle mesurait la portée historique de leur mariage qui consacrait l'union de leurs deux territoires. Un événement sans précédent !

Le brouhaha qui venait de la salle de bal s'était tu, tandis qu'on annonçait l'arrivée du couple royal.

Elle capta son regard posé sur elle.

— Nerveuse ?

— Non, pas du tout, mentit-elle.

Ne jamais laisser quiconque la percer à jour, ni deviner son accablement face aux écrasantes responsabilités du pouvoir, tel était son credo. Bientôt, elle partagerait ces obligations avec Xavian, durant un mois entier. Quel bonheur ! Il ne serait pas seulement son mari, mais son allié. Cette pensée était tellement réconfortante…

Les lourdes portes s'ouvrirent sur la salle immense où se tenait un cortège de personnalités en tenues d'apparat.

— Mesdames et Messieurs, souverains et dignitaires étrangers, veuillez accueillir le couple royal. Le roi et la reine du Qusay et Haydar, annonça le chambellan.

9.

Il y avait une foule d'hôtes de marque à saluer. Selon les règles du protocole, les successeurs immédiats de Xavian — tant que Layla ne lui donnerait pas d'héritier — furent les premiers à être présentés.

— Le prince Kareef du territoire de Qais, annonça Akmal.

Kareef s'inclina cérémonieusement.

— C'est un honneur pour moi d'être ici, dit-il.

En prononçant les amabilités d'usage, Layla fut frappée par les yeux du cheikh, aussi bleus que ceux des ancêtres, dont les portraits ornaient les galeries du palais. Il était vêtu exactement comme Xavian, d'un caftan noir et or.

Elle rencontrait sa nouvelle famille, songea-t-elle gravement. Xavian dut en prendre conscience aussi, car, rompant avec la tradition, il lui murmura :

— L'aîné de mes cousins. Kareef, j'ai raconté à Layla certaines de nos aventures…

— Le cheikh Rafiq du royaume du Qusay, dit Akmal d'une voix formelle en les guidant vers le second invité.

Ce cousin était très différent. Certes, il avait les mêmes yeux bleus que son frère, observa Layla, mais il était habillé à l'occidentale. Xavian lui avait expliqué que Rafiq était le plus rebelle. Il arborait une expression fière mais, à son sourire, on devinait que c'était un homme chaleureux.

— Est-ce que Tahir est là aussi ? demanda Xavian.

Après un bref silence, Kareef répondit :

— Il n'a pas pu se libérer. Il vous envoie ses excuses et, bien sûr, tous ses vœux de bonheur…

Xavian savait que l'absence de Tahir n'aurait pas dû être commentée, mais le plus jeune de ses cousins était aussi son préféré. Il avait quitté l'île du Qusay des années plus tôt et n'était jamais revenu. Xavian ne pouvait penser à lui sans une certaine inquiétude.

Il était impossible de s'attarder. La file des convives était interminable et il avait hâte d'en finir. Nul n'aurait deviné son impatience pourtant, car il avait un mot aimable pour chacun, notamment pour les nombreuses sœurs de Layla et leurs maris. Cependant, de temps à autre, son regard errait plus loin dans la longue rangée des invités, cherchant un couple. Il sentait leurs yeux braqués sur lui, et il avait envie de tourner les talons et de quitter la salle. Mais, comme toujours, le devoir et le protocole lui dictaient de n'en rien faire.

Layla rayonnait, fière et heureuse. Néanmoins, une fois la présentation des familles terminée, elle perçut un changement dans l'humeur de Xavian, une tension qui semblait croître au fur et à mesure de leur progression, et elle n'en comprenait pas la cause, même quand celle-ci lui fit face.

— Le roi Zakari et la reine Stefania du royaume d'Adamas, récita Akmal.

— Votre Altesse…

Layla se troubla légèrement en saluant la reine Stefania, car celle-ci ne la regardait pas. Son attention était fixée sur Xavian qui saluait le souverain. Puis elle sembla enfin se souvenir de ses manières.

— Votre Majesté…, dit-elle en s'inclinant profondément. Nous sommes très honorés…

Le tour du roi Zakari arriva. Layla lui tendit sa main. Il

lui sourit, mais la profonde inquiétude qui voilait ses yeux sombres ne lui échappa pas.

— Le royaume d'Adamas vous offre ses prières et ses félicitations, déclara-t-il d'une voix rauque de nervosité.

Xavian passa vite aux invités suivants et bientôt, ayant salué le dernier, ils purent enfin gagner leur place à l'immense table dressée pour le banquet.

Il n'en demeurait pas moins tendu et Layla se demandait, déconcertée, pourquoi il ne faisait pas l'effort d'échanger quelques mots avec elle. Ce fut seulement après les discours et alors qu'on servait le premier plat qu'elle eut enfin l'occasion de lui parler.

— Est-ce que tout va bien ? s'enquit-elle en voyant que Zakari les observait.

— Bien sûr, répondit Xavian.

— Il y a pourtant quelque chose qui cloche.

— Je ne vois pas de quoi tu veux parler.

— Le roi Zakari…

— Layla ! l'interrompit-il.

La brutalité dans sa voix la médusa et il parut lui-même regretter son intervention, car il reprit :

— Je ne voulais pas t'inquiéter, mais puisque tu insistes… Akmal vient de m'apprendre que Rafiq a reçu une mauvaise nouvelle. Une explosion dans l'un de ses entrepôts en Nouvelle-Zélande… Certains de ses ouvriers ont été blessés. C'est pourquoi il a dû partir rapidement.

Une expression horrifiée se peignit sur le visage de Layla, mais par égard pour leurs invités, elle s'efforça de se ressaisir. Son regard vola vers la place vide auprès de Kareef.

— Il a voulu se rendre au plus vite auprès de ses employés, expliqua Xavian. Mais il nous a tout de même fait l'honneur de sa présence.

Ce qui expliquait l'humeur de son mari, pensa-t-elle. Quoique…

Passant brièvement en revue la longue tablée qu'ils présidaient, elle capta le regard anxieux de la reine Stefania. Elle lui adressa un sourire bref en signe de compréhension.

Mais la souveraine l'ignora, et Layla eut l'étrange impression qu'on lui cachait la vérité.

10.

C'était un dîner somptueux. Les tenues élégantes et les bijoux resplendissaient, la musique invitait à danser… Pourtant, et en dépit de la promesse d'une nuit magique, Layla avait le sentiment que la soirée avait perdu tout son sens dès l'instant où ils avaient franchi le seuil de la salle de bal. Plus que jamais son mariage lui apparaissait comme une tractation politique et cette fête comme une autre mondanité d'autant plus difficile à supporter que Xavian était froid et formel à ses côtés.

Heureusement, la réception touchait à sa fin. Le protocole voulait que les jeunes mariés soient les premiers à se retirer, et Akmal venait de les avertir que le moment était venu. Ils n'eurent pas à présenter de longs adieux à leurs hôtes de marque. Ceux-ci se levèrent simplement pour saluer leur sortie.

A l'extérieur de la salle de bal, elle exhala un profond soupir. Il l'imita et parut enfin se détendre, maintenant que tout était fini.

— Viens. Allons nous coucher, l'invita-t-il en lui prenant la main.

Comme ces mots étaient doux à ses oreilles ! La fête s'achèverait bientôt, mais leur bonheur ne faisait que commencer…

— Votre Altesse… Votre Excellence…

Layla sentit Xavian se raidir, mais il continua de gravir l'escalier en ignorant l'appel d'Akmal. Celui-ci courut jusqu'au pied des marches.

— Altesse, je m'excuse de vous déranger, mais le roi Zakari et la reine Stefania désirent vous parler.

— Je vais me coucher, répondit Xavian sans se retourner.

— Sire…

— As-tu entendu ce que je viens de dire ? coupa Xavian d'une voix cassante. Nous nous retirons pour la nuit.

Il refusait cette entrevue. Le roi Zakari ne l'avait pas quitté des yeux de toute la soirée, essayant de capter son attention, et son épouse avait fait de même. Il les avait soigneusement évités.

— Ils ont présenté une demande par voie officielle. Je ne peux pas leur dire que vous renoncez à les recevoir…

Xavian avait secrètement redouté cette requête. Pourtant, il s'obstina.

— Ma femme est épuisée…

— Je vais parfaitement bien, répliqua Layla qui refusait de le laisser parler à sa place ou de lui servir d'excuse. Nous allons les rencontrer comme il se doit.

En proie à une tension insupportable, Xavian ne répondit pas. Les cicatrices sur ses poignets l'élancèrent, comme des plaies vives. La sueur se mit à perler sur son front. Il ne fallait pas que Layla le voie dans cet état !

— Je les recevrai seul, articula-t-il.

Dès qu'Akmal fut parti communiquer cette réponse, il se tourna vers elle.

— Va te mettre au lit.

Il vit un éclair de rébellion traverser ses yeux violets.

— Je viendrai peut-être te rejoindre, ajouta-t-il d'une voix radoucie.

— Peut-être ? répéta-t-elle, sidérée.

— Je ne sais pas combien de temps je serai retenu. Ne m'attends pas.

Là-dessus, il la planta là, sans explication, parce qu'il ne savait pas lui-même ce qui l'attendait.

Et il en était terrifié.

— Il n'y a pas de quoi pleurer…

Baja aidait Layla à se préparer pour la nuit.

— Votre période de fécondité est passée, poursuivit la dame de compagnie. Peut-être êtes-vous déjà enceinte. Mieux vaut que votre corps se repose au lieu de satisfaire chaque nuit les ardeurs du roi.

— Tu ne comprends pas…, sanglota Layla. Ce n'était pas du tout ce que tu m'avais dit. C'était mieux… tellement mieux.

Baja connaissait le tempérament obstiné, passionné et rêveur de sa reine qui, si on ne la raisonnait pas, pouvait l'entraîner dans des situations fâcheuses.

— Bien, commenta-t-elle en lui présentant une chemise de nuit. Je suis contente d'apprendre qu'il est attentionné. Maintenant, il est temps de vous reposer, Layla. Votre esprit doit rester clair pour gouverner et ne pas fantasmer…

— Xavian est mon mari…

— Et vous devez l'honorer et respecter ses désirs, cela va de soi.

— Oh ! Je ne sais plus où j'en suis, gémit Layla. Il m'avait dit qu'après la réception tout serait différent.

— Une fois de plus, il n'a pas tenu parole. Ce sont bien les hommes. Ils savent s'y prendre pour nous faire succomber. Mais jamais une reine ne doit se laisser aller à perdre la tête. Sa priorité va à son peuple. Ce sont vos propres mots, Layla.

Oui, avant qu'elle ne rencontre Xavian. Malheureusement, la situation n'était plus aussi simple…

— Alors, je n'ai pas le droit d'aimer mon mari ? demanda-t-elle avec désespoir.

— Si, bien sûr, mais rappelez-vous qu'il est roi avant tout et que son cœur appartient à son royaume.

Là résidait le problème. Car Layla voulait qu'il soit d'abord à *elle*.

11.

Comment allait-il pouvoir faire face à ce qu'il redoutait depuis des mois ?

Fermant les yeux, Xavian se passa une main dans les cheveux. L'idée de cet entretien le plongeait dans l'angoisse. Mais il était le roi, se raisonna-t-il. Il était puissant et donc capable d'affronter toutes les situations, même la vérité.

Il prit une profonde inspiration et quitta résolument son bureau. Arrivé devant la salle d'audience où l'attendaient ses visiteurs, il fit signe à Akmal d'ouvrir la porte. Puis, comme le vizir entrait à sa suite, Xavian l'arrêta.

— Seul, commanda-t-il.

Devant l'humeur irascible du roi, Akmal n'osa pas protester, bien qu'il se sentît profondément offensé. D'habitude, il participait aux audiences avec les dignitaires étrangers. Mais par-dessus tout, il mourait d'envie de savoir ce qui se dirait à cette entrevue exceptionnelle.

Après les salutations d'usage, le roi Zakari s'éclaircit la voix. Xavian remarqua que la reine Stefania tordait un mouchoir entre ses mains.

— Nous aimerions vous remercier ainsi que le peuple du Qusay pour le cadeau offert à l'occasion de la naissance de notre fils, commença le souverain de Calista.

— Je vous en prie, répondit Xavian. Comment va-t-il ?

— Zafir… va bien.

En entendant le nom de l'enfant, Xavian sentit croître son trouble, comme s'il contenait la raison de cet entretien.

— Connaissez-vous un peu notre histoire ? demanda Zakari en le dévisageant avec acuité.

— Oui, bien sûr. Les îles d'Aristos et de Calista ont été réunies par votre mariage pour former le territoire d'Adamas. Nous nous trouvons dans une situation similaire, Layla et moi, et nous mettons de grands espoirs dans l'avenir de notre royaume du Qusay et du Haydar…

— Je faisais allusion à notre histoire familiale, l'interrompit Zakari. En connaissez-vous les grandes lignes ?

— A peu près, répondit Xavian d'une voix plus sourde.

— Ma mère est morte et mon père s'est remarié, expliqua son interlocuteur. Il avait déjà cinq fils. Anya, reine de Calista, en plus de devenir notre belle-mère, nous a adoptés, car elle ne pouvait avoir d'enfants.

— Je vois, dit Xavian aimablement. Si nous parlions des Calistéens… ?

— Un jour, quand nous étions enfants, poursuivit Zakari, en ignorant les efforts de Xavian pour changer de sujet, deux de mes frères — les jumeaux Aarif et Kaliq — ont construit un radeau et ils ont voulu naviguer dessus pour l'essayer. Notre plus jeune frère, Zafir, qui n'avait à l'époque que six ans, les a suppliés de le laisser embarquer avec eux. Ils ont été stupides d'accepter, bien sûr, mais les adolescents n'ont pas forcément le sens des responsabilités…

— Votre Altesse, coupa Xavian, je vous prie de m'excuser. Il se fait tard et…

— Ils ont été capturés par des pirates, continua Zakari en haussant la voix.

Xavian se leva.

— Permettez-moi de vous souhaiter une bonne nuit…

— Ils ont été attachés par les poignets pendant deux

jours et deux nuits, insista Zakari en se levant aussi. Zafir est parvenu à se libérer et à délivrer ses frères. Comme ils essayaient de fuir, Aarif a été touché au visage par une balle et est tombé à l'eau. Kaliq a plongé pour le secourir. Malheureusement, le radeau sur lequel Zafir avait pris place a dérivé…

Xavian refusait d'être poli à présent. D'un pas décidé, il traversa la salle et se détourna avec colère quand Zakari osa l'arrêter en le saisissant par le bras.

— Ecoutez-moi !

— J'en ai assez entendu, articula Xavian avec calme comme s'il parlait à un fou s'obstinant à croire à ses propres fantasmagories. Ma femme m'attend…

— Zafir n'a jamais été retrouvé, scanda Zakari. Nous l'avons cherché sans relâche.

— Je suis désolé pour votre frère et je compatis à votre chagrin…

Sans l'écouter, Zakari essaya de soulever la manche de Xavian, mais celui-ci l'arrêta d'un geste.

— Ça suffit ! Je dois partir.

— Je vous en prie…, le supplia Zakari d'une voix brisée, tandis que Stefania se mettait à pleurer. Lors du couronnement, ma femme a vu les cicatrices sur votre poignet et elle a reconnu vos yeux… *Zafir, je te reconnais !*

— Assez !

Xavian essaya de retirer son bras, mais il en fut incapable. Une force inexplicable, plus grande que sa volonté, maintenait son poignet dans la main de Zakari.

— Ces marques sont les mêmes que celles qui sont sur les poignets de mes frères…, balbutia Zakari, les yeux emplis de larmes.

— Impossible. Je n'ai pas pu apparaître comme par enchantement.

Mais tout en formulant ce déni, Xavian laissait planer une interrogation dans sa voix.

Stefania prit alors la parole pour la première fois.

— Xavian… Vous vous souvenez du couronnement, n'est-ce pas ? J'allais m'évanouir et vous m'avez aidée. J'ai vu vos cicatrices, puis en voyant votre regard, j'ai eu l'impression de vous reconnaître. C'est parce que vous avez les mêmes yeux que vos frères.

Tandis que la reine parlait, Xavian s'était figé, acceptant stoïquement la vérité qu'il ne cherchait plus à combattre.

— J'ai hésité à faire part de mes doutes à Zakari, poursuivit Stefania. Il semblait en effet impossible que vous, le roi du Qusay, puissiez être son frère. J'ai donc fait des recherches. Pendant des mois, je me suis informée sur vous et sur votre famille. J'ai lu des journaux anciens et j'ai appris que l'héritier du Qusay était un enfant malade que le peuple ne voyait jamais.

— J'étais malade et j'avais des crises, confirma Xavian.

— J'ai aussi trouvé un article où l'on vous disait mourant. Il datait du surlendemain de la disparition de Zafir. Le journal rapportait que, d'après une source sûre du palais, le peuple qusani devait se préparer à une mauvaise nouvelle. Le lendemain, la presse se rétractait, car le médecin venait d'annoncer que le jeune prince était en effet gravement malade, mais qu'avec le temps on pouvait espérer sa guérison totale. En quelques heures, un enfant presque agonisant était déclaré en voie de guérison. Il n'y avait pas de photos de Xavian, à part un portrait officiel qui le représentait endormi.

— Non, s'écria Xavian refusant d'accréditer cette thèse à présent. Trop de gens sauraient… C'est impossible.

Son esprit était dans une confusion totale. Toute cette histoire le mettait en colère.

— Je vous en prie, écoutez-moi, le pria Stefania. J'imagine votre détresse…

— Vous ne savez rien ! lança-t-il avec mépris.

D'un geste brusque, il ouvrit la porte à la volée et Akmal faillit s'affaler sur le sol. A en juger par la pâleur de ses traits, il était clair que le vizir avait entendu l'essentiel de la conversation.

— Est-ce vrai ? lui demanda Xavian.

— Bien sûr que non, sire. Cette histoire est sans fondement, un mensonge.

Si Xavian n'appréciait pas particulièrement Akmal, en revanche il ne doutait jamais de son honnêteté. Raison pour laquelle il l'écouta attentivement.

— Il est vrai qu'à une certaine époque vous étiez gravement malade. Je n'étais pas vizir alors, mais je parlais avec les anciens du palais. Le médecin était à votre chevet jour et nuit… et peu à peu vous vous êtes rétabli. C'était un vrai miracle !

Il contempla la carrure athlétique de son roi d'un air grave et pensif.

— Non… Comment aurait-on pu remplacer le prince ? bégaya-t-il. J'étais présent… Je l'aurais su.

Puis, saisi d'une brusque colère, il pointa un doigt accusateur vers les souverains d'Adamas.

— Ils mentent !… Ils refusent d'accepter la mort de Zafir…

— Ils disent la vérité, l'interrompit Xavian d'une voix forte.

Par ces mots, il libéra ce qui, depuis des mois, des années peut-être, était enfermé dans son âme. Il planta son regard dans celui si noir de Zakari et reconnut le sien.

— Mes parents ne voulaient pas que j'assiste au couronnement, évoqua-t-il gravement. Je comprends pourquoi maintenant.

— Depuis quand soupçonnais-tu la vérité ? demanda Zakari, ému.

— Depuis cinq minutes. Mais elle commençait à se manifester en moi depuis quelque temps. Je croyais que je devenais fou. J'entendais des rires d'enfants. J'ai aussi le souvenir d'un oiseau que je chassais dans un palais…

Pour la première fois, Zakari esquissa un faible sourire.

— Je m'en souviens aussi.

— Ma mère… ? Anya, ma belle-mère… ? demanda Xavian, comme le visage qu'il avait vu en rêve se présentait nettement à son esprit.

— Elle est morte… Notre père aussi.

Zakari entrevoyait enfin le choc terrible qui terrassait son frère. Pendant des années, il avait rêvé de cette réunion avec Zafir, mais il n'avait pas prévu son chagrin.

Accablé, Xavian s'en prit à Akmal.

— Tu le savais. *Forcément*, vous le saviez tous !

— Non ! Jamais je ne vous mentirais, jura Akmal. J'ai… J'ai eu des doutes, il est vrai, et j'ai posé des questions, mais on m'a fait taire, sire.

Et, d'une voix brisée, il raconta :

— Une nuit, nous étions sûrs que… vous alliez mourir. Ou plutôt que nous allions perdre le prince Xavian. Mais au matin, le médecin nous a dit que vous vous accrochiez à la vie. Quelques semaines plus tard, j'ai vu la reine vous promener dans les jardins. Vous étiez encore faible et elle vous poussait dans un fauteuil roulant… C'était la première fois que je vous voyais depuis des années. On vous gardait tout le temps enfermé. Alors, vous voir, si éveillé…

Akmal versa quelques larmes à ce souvenir heureux.

— Est-ce que je parlais ?

— Non, reconnut Akmal. Vous restiez silencieux, sauf avec vos parents. Nous pensions même que les crises avaient endommagé votre cerveau. Pourtant, petit à petit, vous avez repris des forces. Et vous étiez si intelligent… Mais vous n'étiez pas un enfant heureux de vivre… Sire, dit-il soudain dans un sursaut, ceci doit rester secret. Pensez à la réaction du peuple…

— Pensez à ce que le nôtre a enduré, intervint Zakari. A la peine de notre famille. Nous avons perdu un frère, un fils, un héritier. Il doit retourner auprès de ses sujets qui l'aiment et qui l'ont si longtemps pleuré.

Xavian n'écoutait pas. Il avait besoin d'obtenir des réponses. Pas seulement sur lui-même, mais sur le vrai Xavian.

— Convoque le médecin du palais.

Le Dr Habib arriva quelques minutes plus tard. Il s'agenouilla devant Xavian en implorant son pardon.

— J'ai agi sur l'ordre du roi. J'étais son médecin personnel…

— Vous êtes aussi le mien ! lança Xavian en le toisant d'un regard haineux. Je vous ai consulté parce que je pensais devenir fou. Ces rêves…

— Les comprimés auraient dû y mettre fin.

— Il s'agissait de mes souvenirs ! rugit Xavian.

Pourtant, en dépit de sa rage, il ne songeait pas à châtier le praticien. Il exigeait avant toute chose de connaître la vérité.

— Racontez-moi tout…

12.

Hébétée, la reine Inas Al'Ramiz marchait le long de la plage. Bientôt, il faudrait tous les affronter. Les conseillers, les officiels, les journalistes et les équipes de télévision... Oh ! Pourquoi la douleur n'était-elle pas une affaire strictement privée ?

Suivraient les inévitables questions. Combien de temps le jeune prince était-il resté malade ? Etait-ce la raison pour laquelle Xavian n'était jamais apparu en public ? Le roi Saqr Al'Ramiz allait-il abdiquer ? Céderait-il le trône du Qusay à son frère, le cheikh Yazan et à son épouse Rihana qui avaient trois garçons solides et resplendissant de santé ?

Comme Inas les détestait en secret, ces garçons robustes ! Kareef, l'aîné, si fort et si insouciant, Rafiq, gâté et vigoureux, et enfin, Tahir, l'indomptable. Combien de fois Inas avait-elle dû plaquer un sourire sur ses lèvres devant Rihana qui ne tarissait pas d'éloges sur sa remuante progéniture pendant que le pauvre Xavian se « reposait » ?

— Oh, Xavian !

Terrassée par le chagrin, inconsolable, Inas foulait le sable. Elle avait supplié le roi Eden et le médecin du palais de lui accorder ce délai, avant que le monde ne vienne envahir sa douleur.

— Laissez-moi pleurer mon enfant ! Laissez-moi être mère encore un peu...

Elle avait tenu son pauvre petit corps dans ses bras jusqu'à l'aube, puis on lui avait enlevé Xavian. Alors, elle avait quémandé ce bref répit, au bout duquel il faudrait répandre la triste nouvelle.

Il y avait un accès direct à la petite plage depuis les appartements royaux. Aveuglée par les larmes, Inas avait trouvé refuge dans cette anse protégée, où ni le personnel, ni les photographes ne pourraient la surprendre. Là, elle était libre d'être enfin elle-même et de hurler sa souffrance à un Dieu qui ne l'avait pas entendue.

— Xavian ! cria-t-elle, éperdue.

Elle aurait voulu se coucher là, dans le sable blond, et mourir à cette minute plutôt que de continuer à vivre sans son cher petit.

Mais elle était reine. Stoïque et posée, elle resterait aux côtés du roi quand celui-ci remplirait son dernier devoir de souverain et abdiquerait, faute d'héritier. A moins qu'ils ne promettent au peuple de lui donner bientôt un nouveau prince…

Dès la naissance de Xavian, on l'avait prévenue : son fils tant attendu était trop faible pour survivre. Mais son cœur de mère n'avait pas voulu entendre ce sombre pronostic et elle avait passé sept années à bercer son enfant malade et à le protéger d'un public avide. Hélas, ni la médecine moderne, ni les plantes, ni la connaissance des sages n'avaient pu venir à bout des crises qui ravageaient le corps meurtri de Xavian, déjà épuisé par le simple effort de survivre. Bien sûr, les rumeurs avaient circulé. On murmurait que le jeune prince était malade et qu'il ne serait pas apte à régner.

Chaque fois, on avait apporté un démenti, assurant qu'il se rétablirait et gagnerait des forces. Inas avait supplié son mari de croire, comme elle le croyait elle-même, que leur fils lui succéderait un jour sur le trône du Qusay.

Elle avait veillé et défendu son petit comme une lionne.

Mais ses efforts n'avaient pas suffi. Cette nuit, la mort s'était infiltrée dans le palais et lui avait pris son enfant…

L'heure était venue d'affronter le monde sans Xavian. Mais Inas s'en sentait incapable, si bien qu'au lieu de revenir sur ses pas, elle s'avança dans les vagues, implorant la mer de la prendre pour qu'elle pût rejoindre son enfant.

L'eau cernait ses jambes, sa taille, et la force des vagues l'entraînait. Jusqu'à ce qu'elle fût saisie de panique. Elle était reine, elle incarnait l'espérance, l'avenir de son pays. Quel exemple donnait-elle à son peuple en appelant ainsi la mort de ses vœux ?

— *Ana asifa…*, murmura-t-elle en revenant vers la plage. Je suis désolée. Montrez-moi la voie… Celle que je dois suivre. Montrez-moi…

Brusquement, elle le vit. Une ombre sur le sable mouillé, une loque écorchée…

C'était impossible !

Pataugeant dans les vagues, Inas se crut victime d'une hallucination. Là-bas, sur le sable, gisait *son enfant*.

C'était une illusion, se répétait-elle en courant vers lui. Le chagrin l'avait rendue folle. Cependant, plus elle approchait, plus la silhouette devenait réelle : ces boucles brunes pareilles à celles de Xavian après son bain, ces longs cils qui affleuraient ses joues si pâles… En s'agenouillant, Inas vit sa poitrine se soulever, ses paupières frémir. Il était vivant !

Ses poignets saignaient, son visage était brûlé par le soleil et portait des contusions. Mais, en dépit de son état pitoyable, cet enfant était très beau. Ses lèvres étaient pleines, sa chair et ses muscles étaient vigoureux. Doucement, elle souleva ses paupières. Ses yeux étaient noirs et non bleus comme le regard de tous les Al'Ramiz, mais elle ignora ce détail.

C'était Xavian tout craché, eût-il été plus fort.

Dieu avait entendu ses prières, lui avait indiqué la voie en lui présentant cet enfant !

Elle le prit dans ses bras et courut vers le palais. Le temps pressait, car le délai qu'elle avait obtenu était presque épuisé et on allait annoncer le décès de Xavian. Au fond d'elle-même, Inas savait pertinemment que ce petit qu'elle tenait n'était pas Xavian. Pourtant c'est le cœur gonflé d'un fol espoir qu'elle gravit les marches jusqu'aux appartements royaux en le serrant contre elle. Le médecin venait de couvrir le corps du petit prince. Avec un étonnement sans nom, il prit l'enfant inconscient des bras de la souveraine.

— Voici Xavian..., dit-elle comme il apportait les premiers soins au jeune blessé.

— Inas, plaida le roi, bouleversé. Ce n'est pas Xavian, mais le prince Zafir de Calista. La nouvelle était dans tous les bulletins d'information et dans toute la presse. J'ai téléphoné au roi Ashraf, son père, pour lui offrir le soutien et les prières du peuple du Qusay.

Il se rendit compte que son épouse avait été si préoccupée par l'aggravation de l'état de santé de leur fils qu'elle n'était pas au courant du drame.

— Trois des princes de Calista ont été capturés en mer par des contrebandiers. Deux ont été retrouvés et rendus contre rançon, mais le jeune Zafir manque toujours à l'appel. Ils le recherchent activement et sa mère est désespérée...

— Anya n'est *pas* sa mère, répliqua Inas. Elle a épousé le roi et a adopté ses fils. N'est-il pas injuste qu'elle ait cinq garçons alors que je n'en ai aucun ? Elle n'a jamais mis un enfant au monde. Moi, si.

— Inas...

— Qui le saura ? Nous le soignerons, il sera notre fils et, un jour, il deviendra le souverain du Qusay...

— Notre fils est mort.

— Il n'est pas nécessaire de le faire savoir. Tu ne vois donc pas ? Mes prières ont été exaucées. C'est ce que le destin a prévu.

— Inas, je t'en prie..., supplia Saqr. C'est un prince calistéen. Si nous le ramenons à sa famille, il ne peut en découler que du bien pour notre royaume. Nous serons estimés et des relations nous lieront...

— Comment peux-tu avoir des visées politiques dans un tel moment ? s'exclama-t-elle, folle de rage et de douleur. Tiens-tu vraiment à céder le trône du Qusay à ton frère Yazan ? Veux-tu voir ce tyran régner sur nos sujets ?

Saqr regardait son épouse, sidéré. Jamais il ne l'avait vue aussi hystérique. En même temps, en ce jour funeste, elle parvenait à lui redonner espoir pour son avenir de souverain. Car il refusait d'abdiquer en faveur de Yazan, dont il connaissait le caractère impitoyable. Peut-être Inas lui offrait-elle la solution ? Peut-être avait-elle raison de dire que c'était un signe du destin.

— Il n'a pas les yeux bleus, avança Saqr d'une voix hésitante. Comment pourrions-nous justifier ça ?

Soulagée de constater que le roi cherchait le moyen d'accéder à son désir, Inas s'empressa de dire :

— Il n'y a pas de portraits de Xavian. La seule photo de lui le représente endormi.

— Pourrions-nous envisager... ?

Le roi adressait cette question au Dr Habib.

Celui-ci secoua vigoureusement la tête.

— Au nom de l'éthique, je ne peux permettre ce que vous suggérez. Nous devons informer immédiatement les autorités de Calista.

Refusant d'entendre ces paroles, Inas prit son mari à part et tenta le tout pour le tout.

— Il faut donc annoncer au peuple que ton frère Yazan sera désormais le roi. Est-ce ce que tu souhaites pour nos sujets ?

Saqr blêmit. Yazan était un être vil sous son apparence respectable.

— Bien sûr que non !

— Alors, dis au médecin que tout se passera comme nous l'avons décidé. Si tu ne le fais pas pour moi, fais-le pour ton peuple.

Retenant son souffle, Inas regarda son mari, roi légitime du Qusay, exaucer son vœu le plus cher.

— Vous êtes le médecin de la famille royale, annonça Saqr au Dr Habib. Soignez cet enfant et vous serez dûment récompensé de vos efforts…

Quand le souverain mentionna le montant de cette récompense, le praticien sentit ses scrupules faiblir.

— Je ne peux pas…, commença-t-il, hésitant.

Ce n'était pas seulement l'argent qu'on lui proposait qui le faisait fléchir. Il avait aussi peur de désavouer son roi.

— Est-ce envisageable ? répéta le souverain.

— Je suppose, sire.

— Je veux que vous en soyez certain !

— Très bien, Excellence. Le peuple sait que le prince est malade. Si nous le gardons caché encore un peu, personne ne s'en alarmera…

— Dites aux conseillers que l'état de Xavian s'est aggravé cette nuit, mais que nous gardons espoir, et qu'avec le temps et des soins appropriés, le prince a de grandes chances de se rétablir.

— Et Xavian ? demanda le Dr Habib. Que vais-je faire de votre fils ?

Il s'était attendu à ce qu'Inas hurle de nouveau sa douleur, mais elle s'occupait de l'enfant blessé, pansant ses poignets, l'entourant d'amour comme elle avait chéri son propre fils.

— Vous vous chargerez de l'inhumer.

Ainsi fut fait et, accablé par la culpabilité, le médecin rentra au palais pour veiller sur son jeune patient, juste au moment où le prince Zafir ouvrit brièvement les yeux.

— Ommah ?

En proie au délire, le regard effrayé, l'enfant réclamait sa mère en pleurant.

— Ommah est là, Xavian, dit doucement Inas.

Les sanglots du petit garçon redoublèrent. Au bout de deux semaines enfin, le jeune prince s'éveilla tout à fait.

— Ommah ! dit-il, les yeux fixés sur la reine.

Il ne se souvenait de rien… L'avenir du Qusay était assuré.

13.

Un dégoût immense et glacé envahissait Xavian.

— Où est-il ? Où est le vrai Xavian ?

— Votre Altesse..., commença Akmal en se tordant les mains. Il vaut mieux le laisser reposer en paix.

— Où repose-t-il ? Dans le cimetière royal ? Je veux me rendre là-bas immédiatement. Prépare une voiture.

— Non, il n'est pas au cimetière royal, intervint le Dr Habib qui semblait sur le point de défaillir.

— Alors, où ?

— Sire, c'était un secret entre vos parents et moi...

— Ils n'étaient pas mes parents ! vociféra Xavian. Où est le prince ?

— Ils m'ont demandé de me charger de l'inhumation, avoua le médecin en tombant à genoux. Quand des orphelins meurent, il y a un endroit à l'orée du désert...

— Le cimetière des pauvres ? s'étrangla Xavian. Vous dites qu'un prince royal a été enterré dans une tombe anonyme ?

Vacillant sous l'effet du choc et de la colère, il bouscula Zakari et ordonna à Akmal de le conduire sur place.

Ils roulèrent en silence jusqu'à l'entrée du désert. Dans le cimetière, Xavian se recueillit longtemps, pensant douloureusement à cet enfant dont on s'était débarrassé si facilement, qu'on avait enterré là et oublié.

— Votre Altesse…

Akmal le suppliait de revenir vers la voiture. Comme il avait hâte que cette horrible nuit s'achève, qu'on enfouisse cette histoire au fond d'un puits pour ne plus jamais l'en sortir…

— Cheikh Xavian, plaida-t-il de nouveau. Nous devons…

— Xavian est mort. Mais son nom et sa mémoire seront honorés. Il sera inhumé au cimetière royal.

— Non, supplia Akmal, effrayé. Si la vérité éclate, imaginez les répercussions pour notre peuple. Non seulement nous n'aurons plus de roi, mais vos sujets banniront le souvenir qu'ils gardent de leurs souverains bien-aimés, vos parents. Sire, c'est l'âme du Qusay qui mourra. Il faut perpétuer le mensonge. Par pitié, réfléchissez à tout cela quand vous serez plus calme.

Sur la route du retour, Xavian pensa qu'effectivement il devait réfléchir à la situation. Mais c'était tout ce qu'il concédait.

Il marcha le long de la petite plage où, des années plus tôt, il s'était échoué comme une épave. Et il comprenait enfin.

Ce point qu'il avait cherché à l'horizon n'était autre que lui-même. Et s'il détestait la mer, c'était parce qu'elle l'avait porté sur le rivage du Qusay.

Il fixa l'immensité, se demandant comment un enfant seul — lui-même — avait survécu à une telle épreuve. N'aurait-il pas été préférable de mourir ? Il était déjà mort en un sens, puisqu'il avait tout perdu, jusqu'à son identité. Même son âge n'était pas le sien. Zakari lui avait appris sa date de naissance — il avait vingt-huit ans, et non vingt-neuf. Et le vrai Xavian, l'enfant dont il faisait à présent le deuil, n'était même pas son frère.

Toutes ses certitudes avaient disparu. Le roi Xavian, fils d'Inas et de Saqr, n'existait plus.

Alors, qui était-il ?

Une partie de sa vie avait été effacée, son enfance lui avait été volée. Les éloges, les paroles affectueuses dont on l'avait comblé avaient été adressés à un fantôme.

Les Qusanis seraient accablés. Et sa femme…

Mais Layla était-elle seulement sa femme ? Elle avait épousé un homme qui n'existait pas…

Soudain, il la vit apparaître au bout de la plage. Elle marchait vers lui, pieds nus et seulement vêtue de sa chemise de nuit, le visage fatigué d'avoir pleuré. Sa silhouette se découpait contre le soleil levant et il distinguait ses courbes voluptueuses par transparence. Il eut envie de l'étendre dans le sable et de couvrir de baisers ses joues ravagées par les larmes.

Ensemble, ils avaient fait l'amour… Non, mieux que ça, ils avaient trouvé l'amour. Pour la première fois, il avait laissé une femme entrer dans sa vie, dans son cœur… Tout cela pour la tenir à distance maintenant, pensa-t-il avec désespoir. Car s'il suivait les conseils d'Akmal, s'il choisissait de vivre ce mensonge, il le ferait seul. Il n'était pas question de faire peser sur elle le fardeau qui était le sien.

La vérité, à l'inverse, était sans doute bien pire. Layla et son peuple seraient dévastés, comme les gens du Qusay. Tant de vies seraient gâchées, à commencer par la sienne, car il voulait être roi. N'avait-il pas été éduqué dans cette ambition ? Il aimait son royaume et son peuple, il s'appliquait à gouverner, et il refusait catégoriquement d'être écarté du pouvoir.

Mais pouvait-il se résoudre à vivre une imposture ?

— Viens te coucher, Xavian.

Jamais encore elle n'avait supplié qui que ce soit, mais à présent Layla avait peur. Peur de l'inconnu. Elle avait passé une nuit blanche, avait couru dans les couloirs du palais en entendant des voitures démarrer et des éclats de voix. Baja l'avait ramenée dans sa chambre, mais elle n'avait pu trouver le sommeil. En sortant sur le balcon pour respirer un peu, elle avait vu Xavian arpenter la plage, tête nue, son caftan royal mouillé et flottant au vent.

Même à cette distance, elle avait perçu sa colère et sa douleur, et elle avait voulu être proche de lui et partager son tourment.

— Qu'y a-t-il, Xavian ?

— Je ne veux pas en parler.

— D'accord, concéda-t-elle en lui prenant les mains. Mais viens à l'intérieur. Viens te coucher.

— Je veux être seul.

— Pas moi. Nous étions d'accord pour nous ouvrir l'un à l'autre après la réception…

— Ça attendra, répondit-il en évitant son regard. Akmal prépare les bagages à l'heure qu'il est. J'ai été invité à séjourner au royaume de Calista.

— C'est une bonne chose, approuva-t-elle. Nous aurons du temps pour…

— Je pars seul, l'interrompit-il. Ils n'ont invité que moi.

— Oh !

— Layla, déclara-t-il en l'écartant de lui, aurais-tu oublié que notre mariage est avant tout un arrangement ? L'occasion se présente d'améliorer les relations avec le royaume d'Adamas. Ce sera bénéfique pour notre peuple à long terme…

— Mais pas pour nous.

Elle secouait la tête, refusant de croire qu'il reprenait si vite sa parole.

— Hier encore, tu me promettais que nous aurions une

vie heureuse, insista-t-elle. Xavian, laisse-moi venir avec toi…

Non, il ne céderait pas. Tant pis si elle le détestait. Bientôt, il prendrait une décision — lui dire la vérité ou vivre avec un mensonge permanent entre eux — mais quel que soit son choix, leur couple ne pourrait triompher.

— Cesse de me supplier, Layla. Je préférais quand tu me laissais deviner.

Il voyait ses courbes féminines sous la chemise de nuit presque transparente. Son visage dénué de maquillage était beau, ses seins hauts et fermes et, contrairement à ce qu'il venait de dire, leur union n'était pas qu'une froide transaction. Il la désirait, voulait l'étendre sur le sable et lui faire l'amour sur-le-champ ! Il essaya de se raisonner, en vain. Il fixa sa bouche tremblante et exquise et sur une impulsion — l'instinct ou la colère — il plongea ses mains dans ses cheveux et attira son visage vers le sien. Si seulement il n'avait jamais découvert la vérité, s'il avait continué de vivre dans une heureuse ignorance, il aurait pu l'embrasser sans arrière-pensées…

Layla rejeta la tête en arrière. Qu'il l'humilie pour l'embrasser ensuite la rendait folle de rage. La prenait-il pour une marionnette qu'il faisait danser dès que l'envie l'en prenait ? Heureusement qu'elle avait plus de fierté que ça !

Il soupira, conscient de l'avoir perdue.

— J'ai besoin de me rendre à Calista. Seul, répéta-t-il.

— Ta mission servira-t-elle aussi le peuple du Haydar ?

Comme il tardait à répondre, Layla en conclut que Baja avait raison et qu'il songeait avant tout à ses obligations personnelles.

— Il y a eu une réception en notre honneur ici, au Qusay, lui rappela-t-elle. Mes sujets attendent la même chose. Or, tu me demandes de retourner seule dans mon pays. Une jeune mariée que son époux ne daigne pas accompagner, même pour quelques nuits !

— Tes sujets savent que notre mariage est un arrangement…

— Est-il nécessaire qu'on le leur jette à la figure ?

— Nous dirons que nous sommes partis dans le désert et tu resteras ici, proposa Xavian en cherchant un compromis.

— Ici ?

— Ou tu resteras dans le désert jusqu'à mon retour…

— Non !

Elle ne retournerait pas là-bas sans lui. Comment supporter de dormir seule dans le lit où ils avaient fait l'amour ?

Rassemblant ce qui lui restait de dignité, elle lui lança :

— Va à Calista et fais aboutir tes précieuses négociations, mais je ne resterai pas enfermée ici indéfiniment à faire semblant de rien. Tu as une semaine. Si, passé ce délai, tu décides de ne pas m'accompagner au Haydar comme il était prévu, si tu oses m'humilier de cette façon, ne me demande jamais d'être ta femme autrement que dans les obligations officielles. A toi de résoudre cette situation, Xavian. Tu as une semaine.

Et sur cet ultimatum, elle le repoussa avec force.

14.

En entrant dans le palais royal de Calista, Xavian fut assailli par une foule de souvenirs.

Il entendait la voix claire de sa mère et ses propres éclats de rire d'enfant. Il se revoyait courir dans ces corridors et ouvrir des portes qui existaient enfin.

Avec Zakari, il se rendit dans les écuries. Aussitôt, il alla enfouir son visage dans l'encolure d'un étalon fougueux, huma son odeur et fut pris de vertige sous l'assaut des souvenirs.

— Mes parents m'interdisaient de monter à cheval..., balbutia-t-il. En tant qu'unique héritier, je ne devais pas m'exposer au danger. Un jour, je leur ai désobéi et j'ai monté le cheval le plus farouche de l'écurie, après l'avoir sellé moi-même. Ces gestes me venaient naturellement, et je ne comprenais pas pourquoi.

— Tu étais un vrai petit bohémien, évoqua Zakari en souriant. Tu aimais les chevaux. Tout cela est maintenant à toi, Zafir.

— Ne m'appelle pas ainsi.

— Mais tu *es* Zafir.

— Mon peuple sera accablé en apprenant la nouvelle.

— Je me moque de ton peuple, assena Zakari. Le Qusay a volé mon frère et l'a gardé assez longtemps. Il est normal que nous te réclamions.

— Et ma femme ? Elle a épousé un roi…

— Et elle se retrouve l'épouse d'un prince, dit son frère en haussant les épaules. Tu pourras toujours l'aider à gouverner…

— L'aider ? répéta Xavian avec un rire froid. Elle n'a pas besoin de mon aide. Elle gouverne à sa manière…

— Alors, laisse-la faire. Tout le monde sait que votre mariage est une affaire arrangée. Tu peux t'accommoder d'être prince, pendant qu'elle continue à régner sur le Haydar. D'ailleurs, je me demande dans quelle mesure ce mariage est légal maintenant…

Ces derniers mots eurent sur Xavian l'effet d'un coup de poignard. Zakari poursuivit :

— Tu peux reprendre ta vie ici, Zafir. Celle qui était tracée pour toi et dont le Qusay t'a dépouillé. Viens, il est temps de rencontrer tes frères…

— Pas encore, l'arrêta Xavian. C'est moi qui déciderai de ce moment.

— Tu leur as manqué terriblement. Ils t'ont pleuré…

— Quelques jours de plus ne devraient pas faire de différence, insista-t-il.

Finalement, Zakari dut se résoudre à lui accorder ce délai.

15.

En dépit des paroles dures qu'elle avait adressées à Xavian, Layla était incapable de nier le désir qu'il lui inspirait.

Elle passait ses journées à lire, à marcher sur la plage, à écrire en attendant son retour. Mais la nuit, elle brûlait de désir pour lui. Tout son être était électrisé, frustré, et ses sens exaltés…

Elle lui avait accordé une semaine, mais comme toujours, il la fit attendre. Elle patienta un jour de plus, puis un autre. Au bout de ce délai, n'ayant aucun signe de lui, Layla n'y tint plus. Elle avait le droit d'être mieux traitée, pensa-t-elle dans un sursaut de fierté.

Elle convoqua Akmal pour lui faire part de sa décision.

— Préparez le jet et avertissez les autorités de mon pays. Je rentre au Haydar.

— Peut-être qu'en attendant encore un peu, Votre Altesse…

Comment le vizir du cheikh avait-il l'audace de lui dicter sa conduite ? Furieuse de son insolence, elle ordonna :

— Faites faire mes bagages !

— Vous devez signer des documents…

— Dites cela à votre roi !

Layla était sur le point de le congédier quand il se jeta à ses pieds, les yeux remplis de larmes.

— Votre Majesté, accordez plus de temps à mon maître, l'implora-t-il. Il a tant de difficultés à résoudre.

— Qu'y a-t-il de si important ? Il négocie un marché pour le bien du Qusay.

— Il ne s'agit pas de tractations commerciales, assura Akmal.

Cette révélation, si succincte fût-elle, l'alerta aussitôt.

— Quel genre de problèmes rencontre-t-il ? demanda-t-elle avec inquiétude.

— Votre mari semble bien mal vous traiter, *à première vue*, souligna Akmal vivement embarrassé. Pourtant, je suis certain qu'il va revenir et que tout ira bien. Ce n'est qu'une question de temps...

Cette fois, elle prit peur. Son mari courait-il un danger ? Etait-il victime d'un chantage ? Etait-ce ce que cachaient ses humeurs sombres, ses cauchemars ? Mais Xavian était un homme puissant et énergique qui ne se laissait pas piéger aussi facilement. Qu'est-ce qui le retenait donc là-bas ?

Il fallait absolument qu'elle sache.

— Il y a un changement, décréta-t-elle. Je pars à Calista. Et je ne veux pas être annoncée.

Pour la première fois depuis le départ du roi, Akmal se prit à espérer. Il n'avait jamais vu le cheikh aussi épris d'une femme. Peut-être la reine Layla était-elle celle qui le persuaderait de rester sur le trône du Qusay ? Car s'il renonçait à la couronne, il perdrait aussi son épouse. La reine du Haydar préférait certainement être mariée à un souverain.

— Vous ne pouvez aller le rejoindre maintenant, déclara-t-il vaillamment. Pas lorsque vos yeux sont gonflés de larmes. Et votre visage est si pâle... Laissez-moi faire, Votre Altesse...

Cette fois, elle ne le réprimanda pas. Après tout, ils étaient du même bord et ne souhaitaient qu'une chose : le retour de Xavian, et que le monde redevienne comme avant.

C'est pourquoi elle hocha la tête en signe d'assentiment.

Aussitôt, il se mit à courir en tous sens, frappant dans ses mains pour convoquer esthéticienne, coiffeuse, et habilleuse. Oh ! Quand le cheikh verrait son épouse, il s'empresserait de revenir au palais, pensa-t-il plein d'espoir.

— Pas encore ! répondit Baja quand il frappa à la porte.

Cependant, sans tenir compte de son avis, Layla autorisa le vizir à entrer.

— Suis-je présentable ? lui demanda-t-elle.

Akmal n'avait jamais aimé de sa vie, mais en voyant la reine, il décida qu'il n'y avait certainement rien de plus beau qu'une femme amoureuse.

Elle avait fait le bon choix en optant pour une robe de soie bleu nuit qui sculptait sa silhouette et rehaussait la blancheur nacrée de sa peau. Le décolleté façon impératrice enserrait son joli buste, et ses longues jambes étaient chaussées d'escarpins vernis. Ses cheveux étaient remontés en un chignon d'où s'échappaient quelques boucles qui cascadaient autour de son visage maquillé avec soin.

— Vous ramènerez notre roi ! s'exclama Akmal, admiratif.

Il lui tendit le collier d'émeraudes qu'elle avait porté le soir de la réception.

— Acceptez de mettre ce joyau qui représente tant pour notre peuple et pour la royauté. Quand il le verra sur vous…

Le bijou ruissela jusqu'à la vallée de ses seins, et même Baja esquissa un sourire de satisfaction. Puis elle aida Layla à poser son voile sur ses cheveux et déclara à l'adresse d'Akmal :

— Nous sommes prêtes.

— Non, Baja, intervint Layla. J'irai seule à Calista.

— Vous ne savez pas ce qui vous attend là-bas, insista Baja en pensant à la réputation du cheikh. Quelqu'un doit vous accompagner.

— Je l'affronterai seule. Et s'il choisit de ne pas rentrer…

Akmal ferma les yeux à cette sombre éventualité.

— Je vous escorterai, Altesse, dit-il.

— Xavian risque de vous renvoyer, l'avertit-elle. Vous n'êtes pas obligé de…

— Je viens avec vous.

Après quatre heures de vol, le jet royal atterrit à l'aéroport de Calista et Layla se fit conduire aussitôt au palais qu'elle n'avait encore jamais vu. Akmal se chargea de parlementer avec les gardes de l'entrée et elle lui en fut reconnaissante.

Dès qu'ils eurent franchi les grilles, elle lui suggéra :

— Retournez à l'aéroport, Akmal. Mieux vaut que Xavian ne sache pas que vous m'avez amenée ici.

— Je vous attendrai, déclara-t-il fermement. Je connais certains aides de camp du roi Zakari. Je bavarderai avec eux pour passer le temps.

Elle accepta donc et, quelques minutes plus tard, elle fut reçue par la reine Stefania passablement stupéfaite.

— Pardonnez-moi, je nourrissais mon fils, s'excusa la souveraine de Calista. Nous ne vous attendions pas. Zafir ne nous… Je veux dire, Xavian ne nous a pas prévenus.

— Continuez à vous occuper de votre enfant, répondit Layla en voyant une nurse bercer le bébé qui s'était mis à pleurer. Xavian ne sait pas que je suis ici.

— Puis-je vous offrir du thé ? Une boisson fraîche ?

— Je veux seulement parler à mon mari.

— Je vous en prie, asseyez-vous, offrit Stefania.

— Non, merci.

Ce ton laconique indiqua à Stefania qu'une conversation polie n'apaiserait pas sa visiteuse. Layla n'avait même pas ôté son voile. Elle restait plantée au milieu du salon, imperturbable et prête à tout, et Stefania reconnut cette audace folle qui avait été la sienne autrefois.

Remarquant la nervosité de la souveraine, Layla déclara d'un ton farouche :

— Ai-je tort de demander à voir mon mari ? Je suis venue ici pour savoir pourquoi, une semaine après notre mariage, il tient à séjourner chez vous plutôt que de rester avec moi. Je suis désolée de vous importuner, mais je ne partirai pas d'ici avant de lui avoir parlé.

Stefania percevait le chagrin, l'incompréhension et la colère dans la voix de Layla et la comprenait. Son propre mariage était solide et Zakari l'écoutait, sauf en ce qui concernait son frère porté disparu pendant si longtemps. Car, pour lui, la situation était simple : Zafir devait rentrer vivre auprès des siens. Mais, en cet instant, Stefania voyait devant elle une partie de la douleur que cette décision entraînerait. En même temps, elle admirait Layla. Avec quel courage elle défendait ses droits, seule et dressée dans ce palais où elle n'avait jamais mis les pieds !

— Il est sorti à cheval, l'informa-t-elle enfin. Il a sellé Death et est parti avant l'aube.

— Death ?

— L'étalon. Bien sûr, nous lui avons dit que ce n'était pas raisonnable, mais il n'est pas d'humeur à écouter les conseils en ce moment…

— Je ne vous crois pas, répliqua Layla en secouant la tête. C'est impossible ! Xavian ne monte pas à cheval. Ses parents le lui interdisaient. Voilà au moins une chose que je sais sur mon mari.

— Layla, je vous en prie, écoutez-moi. Zakari est en route pour le retrouver. Je suis de votre côté et je veux que vous parliez à Xavian.

— Alors, montrez-moi les écuries.

— Vous n'allez pas… ?

— Partir à sa recherche ? Non. Je vais attendre son retour. Et, avec un peu de chance, je le verrai avant que vous et votre mari ne l'interceptiez.

Layla était morte d'inquiétude.

Chevaucher un cheval fougueux, la nuit, dans le désert… Peut-être Xavian gisait-il quelque part, la nuque brisée ? Oh ! Mon Dieu…

Elle suivit les indications de Stefania et entra dans le luxueux complexe d'équitation, longea un manège couvert où un jeune prince s'entraînait au saut d'obstacles, puis pénétra enfin dans les écuries. Les stalles étaient modernes, spacieuses et scrupuleusement propres, mais cela ne la rassurait en rien sur le sort de Xavian. Bon sang ! Où était-il ?

Elle attendit pendant des heures. Le jeune prince avait terminé sa leçon d'équitation depuis longtemps et les lumières du manège étaient éteintes.

Elle marchait de long en large dans la stalle de Death, inquiète pour Xavian, et se demandant en même temps quelle allait être sa réaction en la voyant.

Enfin, du fond de son désespoir, elle distingua un bruit de sabots. Le cheval de Zakari ? Mais, en regardant par la porte de l'écurie, elle vit que c'était Xavian qui rentrait avec sa monture.

D'un geste souple, il mit pied à terre et ôta la selle, laissant l'étalon aux mains d'un palefrenier.

Toute la journée, il avait galopé à bride abattue, mais cette course dans le désert ne l'avait pas calmé. Il n'avait pas trouvé la sérénité à laquelle il aspirait tant et son esprit n'était pas moins confus. Il ne ressentait qu'une bouillante colère à l'égard de Zakari et de Stefania qui ne cessaient de le conseiller et de lui dicter sa conduite. Il en avait assez. Personne ne pouvait comprendre à quel point il était déchiré.

— Xavian…

Il poussa la porte, pressa l'interrupteur. Elle était là… Debout au milieu de l'écurie, en robe de soie et chaussée d'escarpins, les jambes nues, le visage auréolé de boucles brunes. A son cou brillait le collier d'émeraudes des reines du Qusay — sauf qu'il ne signifiait plus rien à présent.

— Mon avion attend à l'aéroport, déclara Layla.

— Et alors ? répondit-il froidement en passant devant elle pour déposer la selle.

— Alors, si tu ne reviens pas avec moi au Qusay, je pars au Haydar cette nuit même.

— Je ne te retiens pas.

— Les affaires du royaume attendent, il y a des documents à signer. Et nous devons parler…

— Je n'ai rien à dire et je ne m'occupe pas de paperasserie dans une écurie.

Se tournant vers elle enfin, il couva du regard ses bras nus, son décolleté audacieux et il eut envie d'elle. Plus rien ne comptait soudain. Il ne pensait qu'à l'entraîner dans son lit, à retrouver la magie d'avant et… à perpétuer le mensonge.

Sauf que le mensonge n'était pas un acte honorable.

— Xavian ?

Il se crispa en réalisant qu'elle ne connaissait même pas son nom.

— Que veux-tu ? Qu'attends-tu de moi ? la pressa-t-il.

— Je voudrais retrouver ce qui existait entre nous.

— Tu veux être la femme d'un roi ?

— Non ! protesta Layla, médusée par ses questions. C'est toi, Xavian, que je veux.

— Moi ? Mais tu ne sais rien de moi ! rugit-il en refermant la porte d'un coup de pied. Notre union était une pure convenance politique, jusqu'à ce que tu décides brusquement d'en changer les règles.

— Nous l'avons décidé à deux ! l'accusa-t-elle, peu impressionnée par son éclat. Quand nous faisions l'amour, quand nous nous embrassions, quand nous parlions ensemble, ce n'était pas pour respecter un marché, que je sache !

— Je suis trop gentil avec toi, c'est ça ? Nos ébats sexuels étaient trop bons ? C'est ce que tu me reproches ?

— Tu déformes mes paroles.

Elle se défendait sans lâcher prise. Comme Xavian l'admirait pour cela ! Et comme il avait peur pour elle aussi. Parce que ce scandale l'éclabousserait, l'humilierait forcément. Et parce qu'il refusait de lire la déception dans ses beaux yeux violets quand elle découvrirait qui il était.

— Je ne veux pas d'un marché, reprit Layla, déterminée. Je refuse que nous vivions séparément, que tu aies des maîtresses. Je te veux tout à moi…

— C'est pourquoi tu es ici, habillée comme une allumeuse ?

— Comment préférerais-tu que je m'habille ? le défia-t-elle en ignorant l'insulte. C'est toi qui m'as transformée. J'étais prête à subir ton ardeur sexuelle, mais tu as été plus loin. Tu as éveillé la femme en moi. Et maintenant, tu la rejettes. Tu veux une vierge docile et soumise. Eh bien, elle n'existe plus ! Xavian, fais-moi l'amour… Maintenant.

Tout à coup, il la pressa tout contre lui. Elle vit qu'il était excité et, l'instant d'après, elle sentit sa bouche dure, intransigeante, presser la sienne. En même temps, il la força à s'allonger. Avec des mains fébriles, il remonta sa robe, déchira ses sous-vêtements, glissa un genou entre ses cuisses. Et brutalement, il se figea.

— C'est ce que tu veux ? demanda-t-il d'une voix rude pour masquer sa détresse et son émotion.

— Tu sais bien que non.

Le visage enfoui dans son cou, il sentait le contact froid du collier qui représentait des siècles d'histoire et de tradition. Il pouvait conserver cela, ainsi que la femme qu'il tenait dans ses bras, s'il continuait de se taire, s'il ne lui faisait jamais l'aveu de la vérité.

— Layla, je ne peux pas être roi…

En sentant le désespoir de cet homme d'ordinaire si fort, elle n'exigea pas d'explication. Elle devinait que quelque chose de terrible le minait. Elle se tut et laissa la femme amoureuse en elle prendre le dessus.

Elle le couvrit de baisers fiévreux, consciente de sa souffrance intérieure, cherchant à l'arracher à ses démons obscurs. Bientôt, elle sentit qu'il se rendait et elle s'offrit à lui avec une frénésie égale à la sienne.

— C'est toi que je veux, murmura Layla en l'accueillant en elle.

Il l'emplit brutalement, et elle l'agrippa, l'invita plus profondément au cœur de son désir. Mais elle voulait plus que cette fusion de leurs chairs et elle lutta pour prolonger ce moment où elle l'avait tout à elle.

Dans un spasme violent, Xavian succomba à la passion. Le corps traversé d'un plaisir inouï, Layla chavira avec lui et il s'effondra sur elle, vaincu. L'intensité de cet orgasme avait été si folle qu'elle eut comme une prémonition. N'était-ce pas la dernière fois ? Xavian allait-il renoncer à leur histoire, à tout ce qui les avait unis ?

Il se montra étonnamment tendre ensuite. Il l'embrassa, l'aida à se relever et brossa la sciure qui couvrait sa robe. Son humeur furieuse et sa tension avaient disparu. Il était seulement désabusé, las, mais fier aussi tout à coup. Pour la première fois, ce soir-là, il la regarda au fond des yeux.

— Il y a certaines formalités à accomplir. Je dois rentrer au Qusay pour une courte période et, bien sûr, tu vas retourner au Haydar…

Il marqua une pause, s'attendant à une question. Mais elle se taisait et il voyait qu'elle s'armait de courage, qu'elle se cuirassait, dans l'attente de ce qu'il allait dire. Il l'admira follement en cet instant.

— Si tu veux rester mariée, nous nous en tiendrons strictement à l'arrangement d'origine. Sauf que je vivrai à Calista…

— A Calista ? répéta Layla, profondément étonnée.

Elle ne se retenait plus de l'interroger à présent. Elle s'était préparée à entendre qu'il ne voulait pas d'elle ou qu'il refusait de gouverner son pays, le Haydar, et elle aurait accepté ces raisons-là. Mais les paroles qu'il venait de prononcer n'avaient aucun sens pour elle.

— Que veux-tu dire par « si je veux rester mariée » ? Il ne peut y avoir de divorce…

— Je ne suis pas le roi Xavian du royaume du Qusay. Je suis le prince Zafir de Calista.

— Quoi ? Je ne comprends pas. Xavian…

— Mon nom est Zafir, rectifia-t-il. Ce qui veut dire que notre mariage n'est pas valide. Ce Xavian que tu as épousé n'existe pas. Je ne suis donc pas ton mari.

16.

— Nous avons cherché pendant des années…

Dans le salon du palais royal calistéen où les souverains s'étaient réunis, Layla frissonnait en buvant une tisane à petites gorgées pour calmer ses nerfs malmenés. Mais la camomille ne lui faisait aucun effet et elle continuait de trembler, en dépit du plaid que Stefania avait posé sur ses épaules. Son esprit était incapable de mesurer l'étendue du choc qu'elle venait de recevoir. Avec ménagement, Zakari et son épouse l'aidaient à reconstituer cette incroyable histoire. Quant à Xavian — ou plutôt Zafir —, il se tenait à l'autre bout de la pièce, silencieux et buté. Il était toujours en jodhpur, sale et échevelé, et elle mourait d'envie d'aller s'asseoir près de lui et de lui prendre la main. Mais il arborait un tel détachement, comme une armure invisible qui l'isolait du monde, qu'au lieu de courir vers lui, elle dut se résigner à écouter les pénibles détails que Zakari rapportait.

— Mon père a tout mis en œuvre et n'a pas lésiné sur les moyens. Même si logiquement Zafir devait être mort, il gardait l'espoir qu'il soit en vie quelque part. Des détectives ont été engagés, la mafia a été infiltrée, des rumeurs ont même couru qu'il avait été adopté. Les recherches ont été menées dans tous les Etats voisins. Mon père a parlé au roi du Qusay…, dit-il, la voix chargée d'une rage amère. Dire que celui-ci lui a offert son soutien !

Il se tourna vers son frère, qui demeurait immobile, le regard absent.

— Chaque jour, tu nous as manqué. Il est temps que tu reviennes chez toi maintenant.

— Comment ? demanda enfin Zafir. Mon peuple va être dévasté. Il sort à peine d'une longue période de deuil. Et le peuple du Haydar ?...

Son regard se porta sur Layla.

— Tu as embrassé un roi et il s'est changé en prince...

— Mes sujets t'accueilleront...

— Epargne-moi ça ! l'interrompit-il avec mépris. Je ne serai pas prince consort !

Il alla se poster devant la fenêtre. A l'inverse du palais qu'il avait appelé le sien, celui-ci ne donnait pas sur la mer, mais sur le désert. Avec le temps, peut-être finirait-il par se sentir chez lui à Calista. Après tout, il n'avait jamais eu ce sentiment au Qusay.

— Pourriez-vous nous laisser seuls un instant ? demanda-t-il à son frère et à sa belle-sœur.

Zakari et Stefania s'éclipsèrent.

Layla avait cessé de trembler et réfléchissait. Elle avait l'habitude de prendre des décisions délicates, mais la situation à laquelle elle était confrontée était certainement la plus difficile qu'elle ait eu à analyser.

Comme Xavian s'apprêtait à parler, elle ferma brièvement les yeux en déclarant avec conviction :

— Je mentirai pour toi.

Les traits de Xavian se crispèrent. Il voyait les larmes couler sur ses joues. Cette femme risquait son honneur, sa réputation et l'amour qu'elle portait à son peuple pour s'embarquer avec lui dans le mensonge. Il ne la laisserait pas se sacrifier.

— Non !

— Je mentirai. Tu peux me faire confiance, je ne révélerai

jamais ton secret. Akmal non plus. Ton frère se laissera sûrement convaincre ?

— Non ! répéta Zafir d'une voix forte. Layla, je vais mettre mon peuple au courant. Et si le mariage est toujours valide — ce dont je doute —, je t'offrirai une annulation.

— Je ne veux pas d'une annulation.

— Je t'ai épousée par devoir. Celui-ci est maintenant sans fondement.

Ces mots étaient cruels, il en avait conscience, mais c'était le seul moyen d'accepter sa disgrâce en conservant un peu de sa fierté.

— Que fais-tu de mon honneur ?

— Je suis prêt à jurer que le mariage n'a pas été consommé, que nous avons découvert la vérité sur mon identité le jour de la cérémonie…

— Moi qui pensais que nous arrêtions les mensonges ! coupa-t-elle, furieuse. Que tu le veuilles ou non, le mariage a été consommé. Nous sommes mariés, et nous le resterons !

— Comme tu voudras, dit Zafir en haussant les épaules.

— Donc, tu viendras avec moi au Haydar ?

— Pour obéir à tes ordres ? jeta-t-il avec dégoût. Pour que tu vérifies et que tu contresignes tout ce que j'écrirai ? Que tu relises mes discours ?

— Arrête ! le supplia-t-elle au bord des larmes.

Mais il ignora son interruption.

— Et comme tu m'auras permis de jouer au petit roi, je te récompenserai en couchant avec toi toutes les nuits ? Non, merci ! Je préfère rester prince.

— Plutôt que de vivre avec moi ?

— Layla, du plus loin que je me souvienne, j'ai accepté le métier de roi auquel j'étais destiné. Gouverner, c'était mon avenir et ma passion. Maintenant que ce n'est plus d'actualité, la vie de prince me paraît enviable. Je n'ai plus la responsabilité d'un royaume et j'ai trouvé une famille. Je pourrai monter à cheval, jouer au polo…

— T'offrir des prostituées ?

— Et pas n'importe lesquelles. Des call-girls de luxe.

Des mots provocateurs qui ne reflétaient pas ses pensées, se dit-il. Comment pourrait-il envisager de tenir dans ses bras une autre femme que Layla ? Mais, encore une fois, il tenait à préserver sa dignité devant elle.

— Je serai discret, continua-t-il sur le même ton. Et, bien sûr, je servirai tes intérêts en te donnant cet héritier que je t'ai promis… Ce que j'ai peut-être déjà fait.

Le front plissé, il fit un rapide calcul. Ils étaient mariés depuis deux semaines…

Comme elle ne répondait pas, il fit entrer Stefania et Zakari, ainsi qu'Akmal. Layla devina que sa décision était prise.

— Je rentre ce soir au Qusay, leur annonça-t-il. Je tiens à donner au prince Xavian une sépulture digne de son rang au cimetière royal. Ensuite, j'informerai le peuple.

— Comment ? s'enquit Layla, très pâle.

— Par une allocution télévisée. Après-demain, dès que Xavian sera dignement enterré. Je vais contacter Kareef pour lui dire qu'il est le souverain légitime.

— Je parlerai aussi à mon peuple, juste après ton intervention, décida Layla. Ensuite, je retournerai au Haydar.

— Seule, lui rappela-t-il. J'ai besoin de passer quelque temps avec les miens. Je viendrai te rejoindre en temps utile, bien sûr.

Quel accueil les Haydarans lui réserveraient-ils ? Il imaginait leurs regards curieux, inquisiteurs, peser sur lui, le roi déchu, dès sa descente d'avion. Il se sentait dépouillé, mutilé, couvert de honte, mais jamais il ne le montrerait à Layla.

Elle lui adressa un sourire contraint. Jugeant plus sûr de la maintenir à distance, il répondit froidement :

— Parfait. Je pars maintenant, car il y a beaucoup à faire.

Il ne lui demanda pas de l'accompagner. Ravalant son chagrin, elle pensa que c'était peut-être pour le mieux. L'eût-elle suivi, ils auraient dormi dans des chambres séparées…

Aussi ce fut avec reconnaissance qu'elle accepta l'offre de Stefania de séjourner à Calista jusqu'à l'annonce officielle.

17.

Zakari et Stefania étaient des hôtes merveilleux, pensa Layla. Ils comprenaient qu'elle ne désire pas quitter sa chambre après le choc qu'elle venait de recevoir, et ils lui faisaient porter ses repas.

Ce matin-là, Stefania était venue s'asseoir sur son lit avec le petit Zafir. Couché entre elles, le bébé gazouillait, inconscient de l'atmosphère douloureuse qui régnait autour de lui.

Dans quelques heures, ils se rendraient tous au Qusay. Zakari et Stefania assisteraient aux funérailles pendant que Layla resterait au palais. Ensuite, la vérité serait rendue publique.

— Il y aura des fêtes ici à Calista, dit Layla, les yeux embués. La foule sera en liesse, tandis qu'au Qusay, les gens connaîtront la douleur.

— Et au Haydar ? demanda Stefania.

— Je n'en sais rien, avoua-t-elle. Mon peuple accepte mal que je sois au pouvoir.

— Ce serait la même chose ici à Calista, la rassura Stefania. Les sujets toléreraient difficilement une reine. Aristos est plus moderne, mais même là-bas, je dois dire que Zakari me facilite grandement la tâche.

Quel soulagement de se confier ! pensa Layla. Si seulement

cette amitié entre elle et Stefania était née dans d'autres circonstances…

— Tout serait tellement plus simple avec Zafir à mes côtés, murmura-t-elle.

Stefania secoua la tête avec tristesse.

— Malheureusement, il sera roi ou rien. Son orgueil ne lui dictera pas autre chose.

Le petit Zafir se mit soudain à pleurer, et Layla le prit dans ses bras. L'enfant se calma bientôt. Quel dommage que son oncle ne soit pas aussi conciliant !, regretta-t-elle.

— Je suis bien placée pour savoir ce que Zafir doit endurer, confia Stefania. J'ai grandi dans la pauvreté — j'étais domestique au palais d'Aristos quand j'ai découvert que j'étais en fait l'héritière du trône. Mais je n'ai pas perdu mon identité et je pouvais me raccrocher à certaines réalités. Zafir, lui, n'en a aucune.

Après une courte pause, elle reprit :

— J'ai hésité à raconter à Zakari ce que je soupçonnais. Je craignais d'avoir tort et de lui donner de faux espoirs. Puis notre petit Zafir est né, dit-elle en touchant la joue de l'enfant. Et quand j'ai vu mon mari le tenir dans ses bras et pleurer en prononçant son nom, j'ai su que je n'avais pas le droit de me taire. Zakari a essayé maintes fois de contacter Zafir, pour voir par lui-même et parce que nous espérions que sa venue à Calista ferait remonter ses souvenirs à la surface. Mais il refusait de répondre à nos lettres. Cette attitude étrange sur le plan diplomatique nous a fait penser qu'il savait peut-être quelque chose.

— Il sentait la vérité émerger, confirma Layla en repensant à leurs disputes dans le désert. Je me demande si Inas et Saqr avaient conscience de la peine qu'ils causeraient par cet acte de substitution.

— J'en doute. C'était pour éviter le chagrin qu'ils ont agi de la sorte à l'époque.

Un chagrin qu'ils n'avaient fait que repousser et qui avait pris des proportions infinies…

Les funérailles du prince Xavian furent brèves, mais chargées d'émotion.

Zafir fut surpris de voir Akmal pleurer et il eut ainsi un avant-goût de la douleur qui affligerait le peuple qusani.

Après quelques hésitations, il fut décidé que Xavian reposerait avec ses parents. Zafir vit son nom, son passé, son avenir enterrés définitivement.

Ce fut vers la fin de la cérémonie qu'il aperçut Layla. Elle s'approchait de leur petit groupe, vêtue d'un élégant tailleur noir. Un voile de dentelle couvrait son visage, mais Zafir l'aurait reconnue entre mille. De plus, elle portait le collier d'émeraudes.

— Tu n'étais pas invitée, lui dit-il.

— Je tenais à rendre un dernier hommage, moi aussi, murmura-t-elle en se plaçant auprès de lui devant la tombe. Car du plus loin que je me souvienne, Xavian était mon fiancé.

Elle ôta le collier et le lui tendit.

— Merci, dit-il. Je le transmettrai à Kareef.

— J'espère que ce bijou apportera plus de bonheur à sa future épouse qu'il ne m'en a donné, répondit-elle tristement.

Puis voyant qu'il s'apprêtait à ôter la bague qu'elle lui avait donnée :

— Je t'ai dit, avant que tu n'acceptes cette pierre, qu'elle t'accompagnerait dans la mort. C'est du moins la tradition dans mon pays. Il n'appartient qu'à toi de la respecter ou non.

L'émotion la submergea soudain et, refoulant ses larmes, elle ajouta plus bas :

— Je t'aime, Zafir. Nous pourrions régler nos problèmes…

Mais il refusait d'entendre ces mots-là. Comment pourrait-elle l'aimer quand il ne savait pas qui il était ? Il en avait assez de ces platitudes, de Zakari et Stefania qui l'étouffaient avec ces mêmes mots, de ses frères qui l'attendaient aussi avec d'autres paroles d'affection…

— L'amour ne faisait pas partie du contrat, lui rappela-t-il.

— Non.

Elle se tut, refusant de le supplier davantage. Elle espérait seulement qu'avec le temps il lui manquerait moins.

Les voitures les ramenèrent au palais. Après quelques discussions, il fut convenu qu'Akmal annoncerait la nouvelle aux médias et que Zafir s'adresserait à la nation dans la journée. Après le choc et la douleur, il interviendrait pour envisager l'avenir.

— Que diras-tu à tes sujets ? demanda-t-il à Layla.

— La vérité. Que je reste leur reine, que mon mari est maintenant le prince Zafir de Calista et qu'il choisit de ne pas régner avec moi sur mon pays.

— Je te l'ai dit. Je ne serai pas prince consort !

— Comme tu voudras. Nous continuons, toi à vivre ta belle vie de prince, moi à gouverner le Haydar. Et je te souhaite bonne chance.

Elle avait tant de dignité et de force qu'il ne doutait pas une seconde qu'elle réussirait dans sa tâche. C'était lui qui avait exigé cette séparation. Mais maintenant que le moment était venu, il ne supportait pas de la voir partir.

— Finissons-en, termina Layla. J'ai hâte de rentrer, de prendre quelques jours de vacances et de passer un peu de temps avec mes sœurs.

Incapable de garder cette façade stoïque plus longtemps,

elle s'apprêtait à quitter la pièce, quand Zafir la retint par le bras.

— Es-tu enceinte ? demanda-t-il gravement. Est-ce pour cette raison que tu as envie de vacances ?

— La réponse est non.

Mon Dieu ! Encore une minute et elle allait fondre en larmes. Elle avait déjà tant pleuré ces derniers jours qu'il faudrait beaucoup d'habileté à la maquilleuse pour la préparer avant l'allocution télévisée.

— Je vais écouter la conférence de presse. Ensuite, je travaillerai à mon discours, annonça-t-elle bravement.

— Je viendrai au Haydar. Dans deux semaines, quand tu seras…

— Ce ne sera pas nécessaire, coupa Layla.

— Je t'ai promis de te donner des héritiers.

— Et tu le feras…

Il fallut à Layla toute sa volonté pour s'approcher de lui et lui murmurer à l'oreille :

— Pense à moi dans… *ces moments-là.*

Comme Zafir ne semblait pas comprendre ses paroles, elle expliqua :

— Nous sommes au XXIe siècle, Zafir. Et même si le Haydar ne forme pas ses propres médecins, nous disposons d'hôpitaux modernes… et de centres de fécondation.

— Non !

— Si, Zafir. Ce sera ça ou rien.

18.

Le royaume du Qusay était plongé dans le deuil.

La conférence de presse avait été brève. Les journalistes avaient été trop abasourdis pour poser beaucoup de questions. Au palais, les domestiques pleuraient.

Anxieuse de connaître la réaction des Qusanis avant de faire sa propre allocution, Layla s'enveloppa dans un châle et sortit incognito dans la rue. Partout, les gens sanglotaient et gémissaient. Devant le cimetière royal, une longue file s'était formée, chacun tenant à rendre un dernier hommage au prince Xavian.

Une effervescence sans précédent régnait dans le bureau royal. Les conseillers ne parvenaient pas à se mettre d'accord. Comment annoncer Zafir ? Quel nom employer pour le désigner ? Des papiers déchirés jonchaient le sol, tandis qu'ils s'efforçaient d'écrire son discours et que Zafir refusait les unes après les autres les propositions qu'on lui soumettait.

— Je parlerai sans lire de texte.

— Il faut que vous disiez…

— A qui parlez-vous ? coupa Zafir. Au roi ou au prince Zafir ? Et dire quoi ?

Il attendit une réponse qui, bien sûr, ne vint pas. On le

mena vers une loge où les valets chargés de sa garde-robe et les maquilleurs s'empressèrent autour de lui.

On voulait estomper ses cernes, raser ses joues de près, lui faire un soin des mains… Agacé par ce remue-ménage, Zafir se leva et congédia tout le monde. Le peuple ne devait-il pas le voir tel qu'il était, au lieu de contempler une image en cire du roi qu'il avait été ? A quoi bon avoir bonne mine dans ces heures tragiques ?

Une fois seul, il passa dans le cabinet de toilette attenant, ôta les traces de maquillage et fixa dans le miroir ses joues ombrées de barbe, ses yeux injectés de sang.

Il avait tout perdu. Oh ! Il était toujours immensément riche et il avait gagné une famille, un titre moins lourd à porter et, après ce discours — le plus difficile de sa vie —, il entamerait son existence, celle de Zafir. Mais il avait perdu Layla.

Sa vue se brouilla et, refusant de céder à cet accès d'émotion, il voulut rejoindre son bureau. Il poussa une porte à l'aveuglette et se rendit compte qu'il s'était trompé, en entendant la voix de Layla. Elle aussi se prêtait à une séance de maquillage et ses conseillers l'entouraient en la bombardant de recommandations.

— Mentionnez son savoir, dit une voix nasillarde. Et le fait que, même s'il n'est pas roi, il est prince de Calista, que ce royaume est riche — pensez à leurs fameux diamants roses — et que votre future progéniture sera d'une belle lignée. Dites que cette union sera toujours profitable au peuple…

— Je dirai ce que je voudrai, Imran.

— Votre Altesse…

— Laissez-moi en paix pour que je puisse me concentrer, répliqua-t-elle.

— Mais ce moment est si peu ordinaire…

— Qu'il réclame un discours extraordinaire, je sais ! Et je

suis parfaitement capable de le préparer seule. Maintenant, laissez-moi.

En entendant ces paroles cassantes, Zafir ne put réprimer un sourire admiratif.

Imran ayant disparu par une autre porte, il ne restait que Layla et Baja dans la pièce. Caché derrière le battant entrouvert, Zafir se dit qu'il devait partir, son allocution ayant lieu dans quelques minutes. Il allait refermer la porte sans bruit quand il entendit de nouveau Layla. Mais ce n'était plus la même femme qui parlait. Il y avait dans sa voix une anxiété et une lassitude qu'il ne lui connaissait pas.

— Je n'y arriverai pas, Baja.

— Mais si, Votre Altesse.

— Non, je ne pourrai pas affronter ce qui m'attend. Oh, Baja ! Je me sens si découragée…

— Votre peuple sera indulgent. Il…

— Je me moque du peuple ! lança Layla dans un sanglot. Parfois, rien que pour quelques heures, j'aimerais me soucier d'abord de *moi-même*. Aujourd'hui, ce n'est pas seulement les Haydarans qui souffrent d'avoir perdu un roi et de devoir subir encore la loi d'une femme, c'est la femme elle-même !

— Layla…, la supplia Baja en l'entourant de ses bras. Je sais mieux que quiconque combien cette tâche est lourde pour vous.

— Je ne veux pas être reine ! se lamenta Layla.

— Ne dites pas ces choses-là. Vous savez bien que ces moments de faiblesse ne durent pas, que chaque fois vous retrouvez votre force et votre autorité.

— Pas cette fois. J'en ai assez de me montrer toujours infaillible et vigilante, assez d'assumer ce rôle !

— Mais vous n'avez pas le choix, dit Baja en lui poudrant les joues pour effacer la trace de ses larmes.

Zafir était sidéré par ce qu'il venait d'entendre. Il est vrai que s'il était à ses côtés…

— Layla !

Il la vit se raidir et plaquer instantanément sur ses traits un masque impassible.

— Que fais-tu ici ? C'est l'heure de ton discours, non ?

— Votre Altesse ! Je dois absolument vous informer…, fit la voix nasillarde du conseiller qui revenait.

— Pas maintenant ! s'écria Layla en se demandant ce que Zafir avait entendu. Je vous ai dit que j'étais occupée.

— Bien sûr, admit Imran en esquissant une courte révérence. Mais il s'est produit un tremblement de terre au Haydar…

Elle pâlit affreusement.

— Mon Dieu ! Y a-t-il des blessés ? Combien… ? Des dégâts en ville… ? Dans les villages ?

— Il est encore trop tôt pour le dire. Nous venons tout juste de recevoir la nouvelle. Je suis désolé de vous déranger dans un moment pareil.

— Il est normal que vous me teniez informée, Imran.

— Autre chose, déclara le conseiller en lui tendant un document. Ceci doit être renvoyé d'urgence au Haydar avec votre signature. Le porteur attend.

— Bien entendu.

Le regard plissé, Zafir observa Layla qui d'une main tremblante apposait son nom au bas de la feuille.

— Connaît-on l'amplitude du séisme ? demanda-t-il à Imran.

— Dès que j'aurai des informations, je vous le ferai savoir.

— Votre Altesse !…

Cette fois, ce fut Akmal qui parut, affolé.

— Votre Altesse, que faites-vous ? C'est l'heure ! Les caméras sont en place.

Zafir se fit conduire jusqu'à la salle d'audience. Il prit place derrière le bureau et chassa toutes ses pensées personnelles pour s'adresser une dernière fois à son peuple.

Cette solitude du souverain, Layla aussi la ressentait, se dit-il au moment où les caméras entraient en action.

Prenant une profonde inspiration, Zafir parla en son âme et conscience et déclama le discours le plus important de toute l'histoire du royaume.

— Mes chers sujets, je demande toute votre attention. Retenez votre chagrin le temps d'écouter ce que j'ai à vous dire. Et puissent mes paroles apaiser vos craintes. Le prince Xavian repose avec ses parents. Beaucoup d'entre vous sont allés se recueillir au cimetière royal aujourd'hui. Sachez que les portes seront encore ouvertes pendant une semaine, car je comprends votre désir d'honorer Xavian et peut-être de pardonner à vos défunts souverains, comme j'espère moi-même y parvenir. Leur seul tort a été d'essayer de tromper la mort, car je reste persuadé qu'ils n'ont jamais eu l'intention de mentir à leur peuple. Au contraire, ils ont voulu lui épargner la souffrance en tentant l'impossible : garder en vie leur fils, le futur roi du Qusay. Cette situation m'a placé devant un choix : perpétuer le mensonge et vous épargner le chagrin ou assumer la vérité. Je sais que le peuple du Qusay est fort et fier et qu'il préfère la vérité, aussi douloureuse soit-elle, au mensonge qui corrompt, comme un cancer.

Derrière les caméras, Akmal retenait son souffle, tandis que, depuis une autre pièce, Layla suivait l'allocution, fascinée par son ton calme et assuré. Zafir était fait pour être roi, cela ne faisait aucun doute.

Décidé à aller jusqu'au bout de l'honnêteté, il poursuivit :

— Je vous aurais menti si j'avais pensé qu'il n'y avait pas d'autre issue. J'aurais supplié mes frères de taire mon secret, et je ne l'aurais jamais confié à la reine du Haydar, mon épouse. J'aurais emporté ce secret dans la tombe. Mais une voie nouvelle se présente à vous, la voie qui aurait dû être choisie, il y a longtemps. Les fils du prince Yazan sont désormais vos princes. A l'heure où je vous parle, les sages du royaume les contactent et les informent de ce changement. Le prince Kareef du territoire de Qais sera votre nouveau roi. Comme vous le savez, c'est un dirigeant fort et juste. C'est à lui que je vous remets, peuple du Qusay.

Des photos de Tahir, Rafiq et Kareef défilèrent sur l'écran et Zafir s'éclipsa. Comme Akmal, très ému, le rejoignait, il lui ordonna :

— Observe les réactions et tiens-moi informé.

Ce fut à cet instant précis qu'il la vit. Elle passa devant lui, marchant avec assurance, et ses beaux yeux violets rencontrèrent brièvement les siens.

Elle était belle, sophistiquée, maîtresse d'elle-même. Pourtant, il savait maintenant que ce n'était qu'une façade.

Ses conseillers l'escortaient en silence. Et brusquement, il sentit le saphir peser à son doigt. L'éclat de la pierre semblait l'alerter de quelque chose, comme ses cicatrices l'avaient fait autrefois. Alors, il vit Imran adresser un signe presque imperceptible à l'un des journalistes qui attendaient d'assister au discours de Layla.

Zafir demanda à Akmal d'appeler Imran. Le conseiller haydaran s'approcha non sans méfiance.

— 3,8, annonça Zafir d'un ton glacial. C'est l'amplitude du séisme dont vous teniez tant à informer la reine.

— Son Altesse aime être informée, se défendit Imran.

— Je peux faire plus de dégâts en donnant de la voix, assura Zafir. Montrez-moi le document qu'elle a signé.

— Il concerne les affaires du Haydar, répondit Imran en se troublant.

— Voulez-vous un aperçu de mes capacités vocales ?

Et constater les dégâts qu'elles peuvent causer ? menaça Zafir.

— Non, bien sûr que non… Mais il s'agit d'un document privé. Vous n'êtes que prince…

— Je suis le roi Zafir Al'Farisi du Haydar, déclara Zafir avec fierté.

Comme ces mots sonnaient juste ! C'était merveilleux de les prononcer, bien qu'il eût préféré faire cette annonce d'abord à Layla.

— Et vous seriez très maladroit de ne pas me remettre ce document, termina-t-il.

Forcé de s'exécuter, Imran remit le papier signé de la main de Layla et il ne broncha pas quand le nouveau roi le déchira lentement.

Sans un mot, Zafir retourna dans la salle où Layla, assise au bureau, s'apprêtait à affronter seule son destin face aux caméras.

— Apportez-moi une chaise que je puisse prendre place à côté de la reine.

Une lueur d'agacement passa dans les prunelles mauves de Layla. Dès qu'il fut installé près d'elle, elle lui glissa à voix basse :

— Je préférerais être seule pour faire cette déclaration.

— Tes sujets trouveront la nouvelle plus facile à entendre si je suis à côté de toi.

— Comme tu l'as si bien dit dans ton discours, répliqua-t-elle, le moment est venu de supporter *toute* la vérité. Si je dois gouverner seule, en dehors de tes visites occasionnelles, et si tu tiens à mener ta vie princière de ton côté… j'exige que tu t'écartes immédiatement !

— Impossible.

Elle allait appeler ses conseillers ou se lever et partir plutôt que de se prêter à cette mascarade d'union conjugale.

Ce rôle-là, ils le joueraient plus tard à certaines occasions. Pourtant, une note étrange dans la voix de Zafir la fit se tourner vers lui. Si bien que les Haydarans découvrirent en direct sur leur écran de télévision leur reine faisant face à son mari, et qu'ils entendirent celui-ci déclarer :

— Ce serait pour moi un grand honneur de gouverner à tes côtés, et je serais fier de t'aider à régner sur le peuple du Haydar.

Un silence s'écoula, angoissant. Puis Layla se rendit compte qu'ils étaient à l'antenne. Les joues empourprées, elle fit face à la caméra.

— Mes chers sujets…

L'émotion lui nouait la gorge, l'empêchant de continuer. Mon Dieu ! C'était le discours le plus important de l'histoire de son pays. Elle n'avait pas le droit de flancher ! Comme le silence se prolongeait, elle trouva néanmoins la force de poursuivre. Sans trembler, elle parla d'avenir, de développement et de prospérité. En même temps, son esprit confus tâchait d'assimiler les dernières paroles de Zafir. Elle avait peur de croire en sa sincérité, peur qu'il ne reprenne cette promesse solennelle. Après tout, ce ne serait pas la première fois…

Elle avait accepté de répondre aux questions de la presse. Celles-ci auraient trait à Zafir, pensa-t-elle, au rôle qui serait le sien. Mais un journaliste la déstabilisa en déclarant :

— Vous avez consenti à reporter la construction de la nouvelle école de médecine ?

Layla demeura un instant interdite, puis se tourna vers ses conseillers. Mais ceux-ci regardaient fixement devant eux.

— Vous avez signé cet accord aujourd'hui même, poursuivit le journaliste avec défi.

Comprenant alors ce qui s'était passé, Layla se sentit près de s'effondrer. Ce qu'elle redoutait depuis si longtemps s'était produit : Imran avait profité d'un de ses moments de faiblesse pour obtenir ce qu'il voulait, et il n'y avait rien, *rien* qu'elle pût faire. Mon Dieu ! Des années d'efforts et de travail venaient d'être anéanties d'un seul trait de plume.

— Il n'y a pas d'accord.

La voix vibrante de Zafir emplit soudain la salle.

— Zafir…

Elle chercha sa main sous le bureau pour l'arrêter, mais ce fut lui qui pressa ses doigts. Etait-ce le début de la confiance ? Quoi qu'il en soit, elle sut qu'elle n'avait d'autre choix que de s'en remettre à lui.

— Je tiens de source sûre que l'accord a été signé, lança le journaliste sans désarmer.

— Demandez donc à votre source de produire le document, le défia Zafir. Je crains fort qu'elle en soit incapable, pour la simple raison que ce texte n'existe pas.

Sous la table, Zafir relâcha sa main, mais Layla sentait encore sa chaleur. Plus qu'un contact, c'était un soutien qu'il lui avait offert silencieusement, au moment où elle allait perdre pied. Ne pouvaient-ils partir de là ? En ce jour de tristesse et de deuil, elle se rendit compte que son rêve était peut-être à portée de main.

— Quel sera votre rôle ? demanda un autre journaliste, posant la question qui était sur toutes les lèvres. Vous partagerez-vous entre Calista et le Haydar ? Avez-vous quelque chose à déclarer au peuple haydaran ?

— Aujourd'hui, nos deux pays sont sous le choc, répondit Zafir d'une voix forte. Mais demain, nous accueillerons ces changements. Le Qusay a un nouveau roi — le roi Kareef — et le Haydar…

A ce stade, un sourire éclaira ses traits. C'était si extraordinaire et si inattendu que l'assistance en resta médusée.

— Le Haydar se contentera d'un prince, mais un prince

fier de vous servir. Je serais heureux de gouverner auprès de ma femme.

Il ne lui restait plus qu'à quitter le Qusay. Une dernière fois, Zafir parcourut le palais, regarda les portraits de ses prédécesseurs aux yeux bleus, comprenant enfin pourquoi il n'avait jamais eu l'impression d'appartenir à cette lignée.

— Tu reviendras, lui assura Stefania. Tu seras toujours le bienvenu ici.

— Et tu retourneras bientôt à Calista ? demanda Zakari, très ému de voir partir le frère qu'il venait tout juste de retrouver.

— Bien sûr, dit Zafir. J'ai des frères à connaître, une vie entière à rattraper là-bas. Mais pour l'instant j'ai une mission urgente à accomplir.

Il regarda Layla qui se tenait droite et calme auprès de lui. Pourtant, il était sûr qu'elle tremblait intérieurement.

— A l'heure qu'il est, nous ne savons pas comment le peuple haydaran réagit à tous ces changements. Layla ne doit pas retourner seule là-bas.

Il serra dans ses bras son frère et sa belle-sœur, puis embrassa le petit Zafir qui avait perpétué son souvenir. Enfin, ce fut le moment de prendre congé de son fidèle vizir, qui lui avait offert de continuer à le servir.

— On a besoin de toi ici, Akmal, pour conseiller le roi Kareef.

Il lui tendit l'écrin qui contenait le collier d'émeraudes.

— Tu le remettras le jour venu, dit-il simplement.

Le Qusay n'avait plus besoin de lui. Zafir monta à bord du jet royal haydaran et prit place auprès de son épouse. Lorsque l'avion décolla, il regarda disparaître les lumières du Qusay en priant pour l'avenir du peuple qu'il remettait aux mains de Kareef.

Layla était silencieuse et il lui en fut reconnaissant, même s'il aurait aimé sentir sa main douce dans la sienne.

Baja vint vers eux et s'adressa à Layla :

— Votre Altesse, le commandant de bord me demande de vous présenter ses excuses… Je suis désolée…

Zafir fronça les sourcils, car Baja ne semblait pas désolée le moins du monde.

— Il s'est produit un léger incident technique, continua la dame de compagnie, et il est impossible de recevoir la chaîne d'informations du Haydar pendant le vol.

— Comment suis-je censée mesurer les réactions du peuple maintenant ? lança Layla d'une voix maussade.

Sur quoi, trop lasse pour discuter, elle renvoya Baja. En même temps, elle eut envie de la retenir, car elle redoutait d'être seule avec Zafir. C'était leur premier tête-à-tête depuis leurs discours télévisés et elle n'était pas sûre de vouloir entendre les réponses aux questions qu'elle se posait. Surtout, elle craignait de découvrir que ce beau discours qu'il avait prononcé n'était destiné qu'à gagner son affection, pour qu'elle l'invite à partager son lit.

Zafir la délivra de son embarras en prenant la parole le premier.

— Je ne savais plus où j'en étais, dit-il sur un ton d'excuse. J'étais plus bouleversé qu'un homme n'est en droit de l'être. Je n'avais plus rien, Layla.

— Tu as des frères, une famille, répondit-elle, surprise par cet aveu. Et un royaume pour profiter de ta nouvelle vie, jouer au polo…

— Mais j'ai perdu mon nom, mon personnel, mon titre, objecta-t-il. Je n'étais même pas sûr d'avoir une épouse.

— La cérémonie a eu lieu devant un juge.

— Mais ce n'était pas moi.

— C'est pourtant toi qui occupais le lit lors de notre nuit de noces. Toi, quels que soient ton nom et ton titre, qui as fait de moi une femme, qui m'as montré ce qu'il y a de beau dans l'intimité. Je n'aurais pas besoin de contrôler ce que tu signeras, ni de lire les discours que tu proclameras. Je sais que tu es de mon côté maintenant. Mais je t'ai menti, Zafir…, termina-t-elle, la gorge nouée.

— Je sais, je t'ai entendue parler avec Baja du fardeau que tu trouvais parfois trop lourd à porter.

— Oh ! Zafir, j'ai tellement besoin de ton amour et de ta sagesse…

Il l'enveloppa de ses bras en lui murmurant des paroles de réconfort.

— Ce n'est pas seulement à ce sujet que je t'ai menti, dit-elle en se ressaisissant.

— Alors, dis-moi.

Il souriait et la crainte de Layla s'atténua quelque peu.

— Au moment où tu es parti de Calista… tu m'as demandé si je portais ton enfant…

Il était pâle soudain, mais l'ombre d'un sourire tremblait sur ses lèvres. Ce qui la poussa à aller jusqu'au bout de son aveu :

— Je t'ai menti en disant qu'il n'y avait pas de bébé.

Cette fois, elle lut l'émerveillement dans ses yeux, puis il l'embrassa avec passion.

— Pourquoi mentir ? demanda-t-il en s'écartant. Tôt ou tard, je l'aurais découvert. Et toute cette histoire à propos des centres de fécondation…

— Ma façon de te montrer ce que tu risquais de perdre. Pour moi, c'était tout ou rien.

— Maintenant, nous avons tout.

Et en disant ces mots, il sentit la peur, la solitude, et même ce palais où il avait habité si longtemps disparaître à jamais. Son cœur était léger, débordant de joie. *Elle portait son enfant*. En cet instant, il n'était ni roi, ni prince consort, et Layla n'était pas reine. Ils n'étaient qu'un jeune couple comme les autres et de futurs parents. Une nouvelle famille royale allait naître et régnerait différemment, consciente des vraies valeurs de ce monde.

La télévision du Qusay diffusait des images du nouveau souverain, Kareef, de ses frères et de la foule qui avait envahi les rues. Layla fixait l'écran en pensant à son peuple. Comment ses sujets allaient-ils accueillir la nouvelle ? Elle était partie en promettant de rattacher son royaume à celui du cheikh Xavian et de revenir avec lui. Zafir n'était pas le souverain qu'ils attendaient. Peut-être leur faudrait-il du temps pour l'accepter.

— Je suis nerveuse… Tant de choses ont changé.

— Mais tant de choses aussi ont retrouvé leur place, dit Zafir avec sagesse.

L'écran s'éteignit et les lumières de la cabine s'adoucirent, car l'avion se préparait à atterrir.

— Ces lueurs, là-bas… Qu'est-ce que c'est ? demanda-t-il en contemplant par le hublot le nouveau pays qui l'attendait.

— Le palais sans doute.

Tendue, le cœur battant, Layla préférait regarder droit devant elle, car elle avait horreur des atterrissages.

— Pas le long des rues…, commença Zafir.

Puis percevant sa tension, il se tut et lui prit la main, tandis que le jet se posait sans encombre sur le tarmac.

La lumière revenue, Baja s'approcha, accompagnée d'une maquilleuse.

— Pas maintenant, protesta Layla. Il est 2 heures du matin !

— Il y aura des photographes.

— Il n'y aura pas de photos tant que je ne saurai pas quel accueil le peuple nous réserve, ordonna Layla en se levant. A cause de cet incident technique, je n'ai eu aucune info. Veille à ce que ça ne se reproduise pas.

Mais Baja n'écoutait pas et faisait signe à la maquilleuse de faire son travail. Celle-ci arrangea la coiffure et la robe de Layla qui se laissa faire finalement, se sentant trop nerveuse pour protester davantage.

Baja réprimait un sourire à grand-peine. Une attitude qui n'échappa pas à Zafir. Il lui jeta un regard interrogateur, mais elle se contenta de baisser les yeux sans répondre.

Quand enfin on ouvrit la porte de l'avion, Layla eut le souffle coupé. Des acclamations montaient des rues entourant le palais royal. Les lueurs que Zafir avait remarquées n'étaient autres que des bougies allumées que les gens rassemblés tenaient à la main. C'était à croire que tous les Haydarans étaient dehors pour saluer leurs souverains !

— Vive le roi Zafir du Haydar !

— Vive notre gracieuse majesté, la reine Layla !

— Je voulais garder la surprise…, avoua Baja en souriant. Votre peuple vous aime, Layla, et souhaite votre bonheur. Et il vous aime aussi, Votre Altesse.

Tout le royaume était en fête cette nuit-là. Une voiture décapotable fut amenée et Layla et Zafir se prêtèrent de bonne grâce à la parade, saluant la foule qui les acclamait. Les choses s'annonçaient merveilleusement bien, pensa Layla, radieuse. Ses rêves les plus chers se réalisaient.

— Je suis chez moi, déclara Zafir.

Mais ses mots se perdirent dans les cris enthousiastes de la foule et Layla, penchée vers lui, ne les comprit pas.

Pendant de longues années de solitude, il avait cherché en vain. Quoi ? La paix ? Le bonheur ? Lui-même ? A présent, il savait et il avait trouvé : c'était la liberté d'être lui-même, que seul l'amour pouvait procurer. Ce bien-être qu'il n'aurait pu trouver dans un palais qui n'avait jamais été le sien, ni dans un pays dont on l'avait arraché plus de deux décennies plus tôt.

— Je suis chez moi, répéta-t-il.

Cette fois, Layla l'entendit, et elle n'eut pas besoin d'autre précision pour comprendre ce qu'il voulait dire, car c'était exactement son sentiment. Son peuple, sa vie, ses responsabilités n'étaient plus un fardeau. C'était l'amour qui à présent gouvernerait.

— Moi aussi, dit-elle. Puisque je suis avec toi.

Le 1er octobre, ne manquez pas la deuxième partie de votre saga

Les héritiers du désert

Le jour même de ses fiançailles arrangées avec un riche notable de Qusay, Jasmine a la stupeur de voir Kareef Al'Qadir parmi les invités. Treize ans plus tôt, tous deux ont vécu une intense passion, jusqu'à ce que Kareef ne la trahisse de la plus abominable des façons, la condamnant au chagrin et à l'exil. Aujourd'hui, de retour dans son pays et auprès des siens, Jasmine est bien décidée à ignorer le désir qu'elle éprouve toujours, malgré elle, pour cet homme qu'elle hait...

Trahie par le prince, de Jennie Lucas
- Azur n°3054 -

collection *Azur*

Ne manquez pas, dès le 1er octobre

***POUR UNE UNIQUE NUIT D'AMOUR**, Carole Mortimer* • *N°3045*

Stupéfaite, Luci découvre que le puissant P.-D.G. avec qui elle doit signer un contrat déterminant pour sa carrière de photographe, n'est autre que l'inconnu dans les bras duquel elle vient de passer une nuit d'amour passionnée. A la surprise et la gêne s'ajoute la panique quand elle comprend que son amant d'une nuit la prend manifestement pour une intrigante qui ne l'a rejoint dans son lit que par intérêt…

***LA PROPOSITION D'UN SÉDUCTEUR**, Carol Marinelli* • *N°3046*

Déterminée à sauver son frère de la ruine, Emma n'a qu'une issue : faire appel à l'homme qu'elle déteste le plus au monde, Zarios D'Amilo, mais aussi le seul capable de l'aider. Zarios accepte, à une condition : qu'elle devienne, aux yeux de tous, sa fiancée…

***UN IMPOSSIBLE AVEU**, Melanie Milburne* • *N°3047*

Quand elle apprend que celui qui l'a humiliée quatre ans plus tôt est le principal mécène de l'exposition qu'elle organise, Charlotte sent le sol se dérober sous ses pieds. Va-t-elle vraiment devoir travailler avec cet homme qui lui est odieux ? Mais il y a pire… Dans ces conditions, comment pourra-t-elle lui cacher qu'elle a eu un enfant ? Un enfant dont il est le père…

***UNE BOULEVERSANTE INVITATION**, Sabrina Philips* • *N°3048*

Cally a l'impression de rêver. Pourquoi le prince de Montèz s'adresse-t-il à elle, une débutante, pour restaurer des tableaux dont il est le propriétaire ? Quoique méfiante, elle ne peut pourtant repousser une telle offre, alors qu'elle peine à vivre de son métier. Bien décidée à rester insensible au charme du prince, que la presse dépeint comme un séducteur impénitent, Cally accepte de se rendre dans les trois jours au palais…

***CAPTIVE ET AMOUREUSE**, Kathryn Ross* • *N°3049*

Après le terrible accident qui a coûté la vie à son amie Jo, Carrie décide de s'occuper de Lilly, six mois, désormais orpheline. Mais pour cela, elle va devoir vivre avec Andreas, l'oncle et tuteur légal du bébé. Une cohabitation forcée qui n'enchante guère Carrie, tant Andreas se montre froid et autoritaire avec elle…

UN DOUTE IRRÉPRESSIBLE, Maggie Cox • *N°3050*

Devenir la femme de Pascual Dominguez, c'est ce dont rêve Briana depuis si longtemps… Mais à quelques jours de la cérémonie, elle comprend soudain que Pascual ne l'aimera jamais assez pour oublier qu'elle est issue d'un milieu très modeste. Désespérée, elle décide de fuir. Pour découvrir, quelques semaines plus tard, qu'elle est enceinte…

CRUELLE MÉPRISE , Julia James • *N°3051*

Tout juste âgée de dix-huit ans, Rachel tombe sous le charme de Vito Farneste, un play-boy italien, avec qui elle passe à Rome deux semaines de rêve. Deux semaines au terme desquelles elle doit se rendre à l'évidence : elle est tombée éperdument amoureuse. Jusqu'au moment où elle comprend que Vito n'a cherché, en la séduisant, qu'à l'humilier et à se servir d'elle…

TROUBLANTE REVANCHE, Natalie Rivers • *N°3052*

Voyageuses & Passion

Lorsque Marco De Luca vient la surprendre dans son refuge au bord de la mer, Claudia est sidérée de revoir l'homme qu'elle a follement aimé quatre ans plus tôt, mais qui a disparu sans un mot de sa vie. Qu'est-il venu faire ici ? Car même s'il semble éprouver pour elle un désir intense, tout comme autrefois, Marco lui cache, elle en est certaine, la véritable raison de sa présence…

A LA PLACE D'UNE AUTRE, Lynne Graham • *N°3053*

- Scandales et passion - 2ème PARTIE

Atterrée, Alissa écoute sa sœur jumelle lui révéler l'étrange marché qu'elle a passé avec Sergeï Antonovich, le célèbre milliardaire russe : l'épouser contre une importante somme d'argent. Mais sa consternation se mue en panique lorsqu'elle comprend que sa sœur n'a aucune intention d'honorer ce sordide contrat, et qu'elle va devoir prendre sa place si elle veut sauver leur famille de la ruine…

TRAHIE PAR LE PRINCE, Jennie Lucas • *N°3054*

- Les héritiers du désert - 2ème PARTIE

Le jour même de ses fiançailles arrangées avec un riche notable de Qusay, Jasmine a la stupeur de voir Kareef Al'Qadir parmi les invités. Treize ans plus tôt, tous deux ont vécu une intense passion, jusqu'à ce que Kareef ne la trahisse de la plus abominable des façons, la condamnant au chagrin et à l'exil. Aujourd'hui, de retour dans son pays et auprès des siens, Jasmine est bien décidée à ignorer le désir qu'elle éprouve toujours, malgré elle, pour cet homme qu'elle hait…

Attention, numérotation des livres pour le Canada différente : numéros 1614 à 1619

A paraître le 1er septembre

Best-Sellers n° 434 • suspense

Pour te retrouver - Heather Gudenkauf

Calli a été enlevée. Lorsqu'elle découvre que sa fille de sept ans a disparu, Antonia Clark s'effondre dans la chaleur étouffante de l'été. Qui lui a pris sa fille, ce petit être doux et rêveur qu'elle aime de tout son cœur et qui s'est étrangement enfermé dans le mutisme trois ans auparavant ? Elle a pourtant tout fait pour être la meilleure des mères, pour offrir, à Calli et à son frère, un foyer chaleureux. Et pour les protéger. Mais elle a sans doute commis des erreurs. De graves erreurs même. Désespérée, Antonia ne sait plus aujourd'hui à qui faire confiance. Doit-elle continuer à taire les lourds secrets qui pèsent sur sa famille, ou au contraire sortir de l'isolement et accepter l'aide que lui propose un ami d'enfance, le shérif adjoint Louis ?

Best-Sellers n°435 • suspense

Mortelle confidence - Heather Graham

Indigo. C'est le dernier mot prononcé par un inconnu qui s'effondre brutalement sur Jessy Sparhawk, en pleine nuit, un poignard planté dans le dos. A peine remise de ce choc, Jessy est assaillie par de terrifiantes visions de cet homme, animé d'un profond désir de vengeance. Cauchemars éveillés ? Divagations ? Et quel peut bien être le sens de cette confidence mortelle ? Terrorisée, Jessy se confie à Dillon Wolf, le détective en charge de l'enquête qui, immédiatement sensible à son récit, lui offre sa protection. Une protection bien utile car déjà, Jessy aperçoit l'ombre effrayante d'une nouvelle victime.

Best-Sellers n°436 • suspense

Dissimulation - Carla Neggers

Quand elle découvre que Norman Estabrook, l'un de ses amis, est en réalité un véritable traitre, Lizzie Rush, fille d'un célèbre agent secret, se retrouve face à un terrible dilemme. Car malgré ses réticences, elle ne peut passer sous silence le terrible secret qu'elle a découvert. Elle se résout donc à transmettre toutes les informations dont elle dispose au FBI, afin que Norman soit arrêté. Pourtant, en agissant ainsi, elle sait bien qu'elle se met en danger. D'autant que la police souhaite profiter de sa situation privilégiée auprès de Norman pour en apprendre davantage. Et c'est ainsi que bien malgré elle, Lizzie se désigne comme la cible de la vengeance de cet ex-ami .

Best-Sellers n°437 • thriller

Le cercle du mal - Karen Rose

Brisée lors de son adolescence par la mort violente de sa sœur jumelle, ainsi que par le suicide de leur mère, Alexandra Fallon n'a jamais voulu revenir à Dutton, sa ville natale. Mais l'horreur refait brusquement surface treize ans plus tard, lorsqu'un appel pressant émanant de sa ville natale lui demande de revenir au plus vite en Georgie : Hope, sa petite nièce de quatre ans, a été retrouvée enfermée dans un placard, en état de choc... Prête à tout pour venir en aide à Hope, mais aussi pour retrouver la mère de la fillette, Alexandra accepte de coopérer avec Daniel Vartanian, l'agent du FBI chargé de l'enquête. Mais à peine l'enquête a-t-elle commencé qu'une série de meurtres rappelant celui dont a été victime la sœur d'Alexandra vient de nouveau frapper la tranquille communauté de Dutton...

Une nouvelle enquête de l'agent Daniel Vartanian

Best-Sellers n°438 • roman

L'héritage des Selby - Lynne Wilding

Orpheline et enfant unique, Vanessa Forsythe a tout quitté pour suivre Bren Selby, un séduisant Australien qui incarne ce qui lui a toujours manqué. Car en l'épousant, c'est un clan qu'elle intègre. Un clan dont elle perpétue le nom en donnant naissance à un fils. Loin de Londres, la voici désormais maîtresse d'Amaroo Downs, un ranch perdu au milieu des terres inhospitalières de l'ouest australien. Mais les proches de Bren ne voient pas d'un bon œil l'arrivée de cette étrangère sur leurs terres. Avec courage, Vanessa s'en accommode. Jusqu'au jour où un scandale, surgi du passé, menace de détruire son bonheur si fragile. Se peut-il que l'héritage des Selby auquel elle croyait tant ne soit finalement qu'une chimère ?

Best-Sellers n°439 • thriller

Coupable innocence - Nora Roberts

A peine s'est-elle installée dans la maison que sa grand-mère lui a léguée à Innocence, Mississippi, que la célèbre violoniste Caroline Waverly découvre le cadavre d'une jeune femme sauvagement assassinée. Edda Lou a été torturée avant de mourir, et son corps porte la signature barbare du meurtrier : entailles, scarifications. Mais il y a pire encore : ce meurtre, le troisième commis dans la petite ville, est sans doute l'œuvre d'un habitant d'Innocence. Les soupçons se portent sur Tucker Longstreet, le dernier amant en date de la victime, qui avait eu une dispute avec elle juste avant sa mort. Caroline, elle, ne veut pas croire à la culpabilité de Tucker. Mieux même : le personnage la fascine.

Best-Sellers n°440 • historique

Le prince du scandale - Nicola Cornick

Pour sauver l'honneur de sa famille, Catherine Fenton a accepté d'épouser un scélérat, un félon qui soumet son père à un ignoble chantage afin de s'approprier son héritage. Un sacrifice auquel elle se résigne sans hésitation. Jusqu'au jour où elle rencontre le baron Benjamin Hawksmoor, un homme totalement infréquentable dont les liaisons sulfureuses et les dettes de jeu font jaser tout Londres. Subjuguée bien malgré elle par celui que tous surnomment le « prince du scandale », Catherine n'a d'autre choix que de lui résister. Mais Benjamin semble décidé à la conquérir et met tout en œuvre pour lui faire rompre sa promesse…

Composé et édité par les
éditions Harlequin
Achevé d'imprimer en août 2010

à Saint-Amand-Montrond (Cher)
Dépôt légal : septembre 2010
N° d'imprimeur : 100933 — N° d'éditeur : 15183

Imprimé en France